LUKE SKYWALKER NÃO SABE LER

E OUTRAS VERDADES GEEKS

LUKE SKYWALKER NÃO SABE LER

E OUTRAS VERDADES GEEKS

RYAN BRITT

TRADUÇÃO
Fabiana Madruga

PandorgA

Título original: Luke Skywalker can't read and other geeky truths

Direção Editorial
Silvia Vasconcelos

Produção Editorial
Equipe Editora Pandorga

Tradução
Fabiana Madruga

Preparação de texto
Elo Editorial - Fabio Brust e Inari Jardani

Diagramação
Gabriella Regina

Composição de capa
Lumiar Design

Revisão
Andreia Barboza

Texto de acordo com as normas do Novo Acordo Ortográfico da Língua Portuguesa
(Decreto Legislativo nº 54, de 1995)

Dados Internacionais de Catalogação na Publicação (CIP)
Ficha elaborada por: Tereza Cristina Barros - CRB-8/7410

Britt, Ryan.
Luke Skywalker não sabe ler : e outras verdades geek / Ryan Britt ; tradução Fabiana Madruga. -- 1. ed. -- São Paulo : PandorgA, 2016.
270 p. ; 14 x 21 cm.

Título original: Luke Skywalker can't read and other geek truths.
ISBN 978-85-8442-141-1

1. Cultura popular 2. Ensaios americanos 3. Ficção científica - História e crítica 4. Filmes de ficção científica - História e crítica 5. Nerds (Entusiastas de computador) - Ensaios I. Titulo.

25.04/013-2016 CDD- 809.38762

2016
IMPRESSO NO BRASIL
PRINTED IN BRAZIL
DIREITOS CEDIDOS PARA ESTA EDIÇÃO À
EDITORA PANDORGA
AVENIDA SÃO CAMILO, 899
CEP 06709-150 - GRANJA VIANA - COTIA - SP
TEL. (11) 4612-6404

WWW.EDITORAPANDORGA.COM.BR

DEIXANDO DE SER UMA ATRAÇÃO SECUNDÁRIA

QUANDO VOCÊ É UM GAROTO do ensino fundamental e está no vestiário da escola, em 1994, do lado de quem recebe as chicotadas de toalha e, às vezes, sem o uniforme de ginástica, você recebe uma quantidade considerável de insultos. Meninos chamam outros meninos de coisas terríveis: "esquisito", "maricas" e, vez ou outra, vem aquele "loooser" rotineiro e sem criatividade. Mas uma coisa que me atormentava ainda mais do que os golpes de toalha era ser rotulado de "nerd" ou "geek". Sem querer ser chorão ou dramático, eu diria que ser chamado dessas coisas passava uma mensagem muito simples: se havia um grupinho onde todos concordavam em ser normais juntos, eu não fazia parte dele.

Se você usa o Google para encontrar outra coisa que não seja um restaurante da moda, pesquise a palavra "geek" e ela irá revelar um campo minado etimológico. O excelente romance de Katherine Dunn, Geek Love, infelizmente não fala sobre ter uma queda por uma garota que foi à convenção do *Star Trek* comigo em 1992, mas sobre uma família de aberrações que trabalhava no circo. Bem, talvez seja bom substituir "circo" por "atrações secundárias", porque os "geeks" históricos da virada do século XIX eram aqueles artistas quase sempre muito ridículos para fazer parte do circo em si, normalmente porque o trabalho principal deles era morder cabeças de galinhas, no melhor estilo Ozzy Osbourne. Se os garotos do vestiário da minha escola fossem o circo, então eu estaria no espetáculo secundário: uma comunidade segregada no reino dos insignificantes.

Mas, à medida que os meninos e meninas chamados de nerds e de geeks nos anos 1980 e 1990 cresciam e se tornavam pseudoadultos no alvorecer do século XXI, notamos uma coisa estranha: a Gap, de repente, está vendendo camisetas do *Star Trek*. Parece que, de uma hora para outra, ser "geek" passou a ser legal, e um artigo de um blog alardeia que os geeks não apenas estão na moda, como também a moda veio para ficar. Os geeks herdaram a Terra, e é por isso que *Star Trek, Star Wars*, os heróis de histórias em quadrinhos e os romances fantásticos estão mais populares do que nunca. Acredito que isso seja uma grande verdade, mas há vários demônios alienígenas nos detalhes, e é nesses detalhes que espero que esses ensaios vivam.

Por isso, é justo que eu diga a você nesse momento que sou um mau geek, da mesma forma que Roxanne Gay – sabiamente temendo o ato de colocar a si mesma em um pedestal – diz que é uma "má-feminista". Eu não faço, não digo e não gosto de todas as coisas que esperam que eu faça, diga ou goste, e não estou em dívida com nenhum fã. Eu amo *Star Trek,* mas odeio a palavra "trekkie"[1]. Sou obcecado por Sherlock Holmes, mas fico impaciente por não ter encontrado quase ninguém que goste das adaptações de Jeremy Brett tanto quanto eu. Gosto de Doctor Who, mas não morro de amores por Firefly. Gosto de Os Vingadores e de todo o resto da explosão do Universo Cinematográfico Marvel, mas a soberania dele e a propaganda exagerada me cansam e, às vezes, me deixam descontrolado e revirando os olhos. Além disso, a minha criação favorita de Joss Whedon é o roteiro que ele escreveu para Alien: A Ressurreição, o que me torna bastante impopular entre aqueles que eu caracterizaria

1 "Trekker" é ainda pior.

como geeks mais "convencionais". Amo literatura de ficção científica (contemporânea e clássica) de uma forma infame, mas também estou constantemente reclamando sobre a frequência com que a comunidade de SF ignora os pretensos escritores comerciais de ficção em nosso bravo novo mundo de distorção de gênero.

E *Star Wars*. O que dizer sobre *Star Wars*? Em uma mão robótica de luva, sou como todo fã de Star Wars que você já conheceu ou imaginou: colecionei os brinquedos; li os quadrinhos e os livros. Caramba, aos quatorze anos eu até venci alguns campeonatos de cards colecionáveis do *Star Wars* 1996. Em outra mão, de carne e sem luva, eu também odeio. Sou o Han Solo do lado de dentro de *Star Wars* rindo dos absurdos que existem naquela galáxia distante. Meus amigos mais próximos e eu vestimos camisetas feitas em casa na estreia de A Vingança dos Sith, em 2005, com os dizeres "George Lucas é Virgem" estampado em nossos peitos. Os "verdadeiros" fãs de *Star Wars* não tinham certeza do que queríamos dizer. Odiávamos *Star Wars*? (Não). Será que pensávamos que George Lucas era tão ruim escrevendo diálogos que parecia que nunca tinha transado? (Sim). Estávamos caçoando de todo mundo ao usar aquelas camisetas? (Sim e não). Por que alguém iria acampar para assistir a um filme só para zombar de outras pessoas que estavam ali, também acampando, para ver o mesmo filme? (Não está claro.)[2] Ser o tipo de geek que sou é estranho e confuso, mas vou tentar preparar você para o que o espera dizendo que, naquela mesma noite, eu também me dei bem com Jar Jar Binks.

---

2 E vai ficar ainda mais confuso no capítulo *Imagine que Frodo não existe.*

Quando a segunda trilogia foi lançada, em 1999, *Star Wars Episódio I: A Ameaça Fantasma* foi precedido por uma avalanche de pequenas mercadorias destinadas a fazer com que as pessoas tomassem conhecimento dos personagens, a maior parte dos quais nunca tinham ouvido falar, incluindo – mas não somente – um piloto chamado Ric Olie;[3] um homem-sapo chamado Boss Nass; Liam Neeson com um "poncho hippie"; e, é claro, o adorável palhaço desse circo de ficção científica em particular: Jar Jar Binks. Aparentemente, alguém achou que a língua grande e bizarra da personagem era engraçada, porque não há menos do que três cenas no filme que mostram a língua dele fazendo coisas hilárias. Mas isso não é o pior, havia também um doce do Jar Jar. Era um recipiente de plástico com o formato do rosto dele, e quando você apertava um botão, a mandíbula se abria e a língua pulava para fora. A língua era o doce que você deveria comer. É verdade. Eu tenho fotos. Você tinha que lamber a língua do Jar Jar para comer esse doce especial do *Star Wars*.

Eu e um amigo – ambos ainda no ensino médio naquela época – achamos isso um absurdo de engraçado, principalmente porque era de péssimo gosto. *Star Wars* já estava entrando em declínio antes mesmo que o filme fosse lançado. Então, nós compramos um estoque de doce de língua do Jar Jar para comer no cinema na hora em que o Episódio III estivesse começando. E aí, seis anos depois, vestindo nossas

---

3 Fala sério, a promoção pré-Ameaça Fantasma se apoiou fortemente nessa "personagem", um cara que aparece no filme por uns três segundos e só diz: "Lá está o bloqueio!". Ele foi interpretado por um ator chamado Ralph Brown que teve na verdade uma carreira respeitável até ali, incluindo participações como convidado em Elementary e Life on Mars. Ele também atuou em Alien 3. Vai entender.

camisetas George Lucas, fiz um brinde com meu amigo Justin e nós dois lambemos a língua de nossos respectivos Jar Jars. Chupamos a língua do Jar Jar e estávamos prontos para assistir o que (achávamos) seria o último filme do *Star Wars*. E se alguma parte disso faz sentido para você, então você vai entender o tipo de geek que sou. Eu estou no clube, mas estou fazendo aquela coisa do Groucho Marx de suspeitar de qualquer ordem Jedi que me aceite como membro. Não existem geeks de verdade, e não existem "falsos" geeks também.

Em uma comédia grandiosa chamada A Costela de Adão, Katharine Hepburn diz isso melhor do que eu. Se você se sentir inclinado, toda vez que eu citar alguém nesse livro – de autor de ficção científica a personagem ficcional, passando por intelectuais improváveis – eu imploro a você que imagine isso na voz de Katharine Hepburn. Na minha cena preferida, Hepburn está tentando fazer sua secretária concordar com ela em uma questão sobre a mulher que elas estão defendendo, que atirou (mas não matou!) o marido. Hepburn está brava porque a funcionária não concordava com nenhuma opinião. A secretária diz "Eu não faço as regras", ao que Hepburn grita de volta "É claro que faz, todos nós fazemos".

Todos nós fazemos as regras. E isso inclui como definimos palavras como "ficção científica", "fantasia", e "geek". Em seu ensaio "Ficção Científica", Kurt Vonnegut disse que a multidão de escritores de ficção científica só existe porque os escritores de ficção científica querem dessa forma: "Eles gostam de se unir. São uma organização. Se não gostassem tanto de ter uma gangue própria, não haveria essa categoria de ficção científica. Eles adoram ficar acordados até tarde, perguntando uns para os outros: o que é ficção científica?".

Samuel R. Delany surgiu com uma definição habilidosa de ficção científica em seu trabalho "About 5.750 Words"

[Quase 5.750 palavras][4], no qual afirma que "as ficções naturalísticas são (apenas) histórias do mundo paralelo nas quais a divergência do real é pequena demais para verificação histórica". Quer dizer, O Morro dos Ventos Uivantes tem lugar em um universo alternativo onde um cara chamado Heathcliff é um tremendo bundão, e Moby Dick se passa em um outro universo no qual ataques de baleias eram uma coisa corriqueira demais para que nos aborrecêssemos com isso. Desse modo, todo tipo de ficção é ficção científica, o que significa que todos que gostam de ler algo que não seja não ficção é um geek substancial.

Obviamente, assim como acontece com muitos geeks, minha hipérbole é pior do que minha frase de efeito. Até mesmo Delany tinha mais a dizer sobre a definição de ficção científica, ficção especulativa ou fantasia do que apenas isso. E assim como os camaradas antigos de Vonnegut, ou um milhão de outras pessoas, eu também gosto de ficar acordado até tarde (e quase sempre acordo cedo) para discutir o que é ficção científica, normalmente no formato de um ensaio como este. Mas não sou uma pessoa que gosta de se reunir, de quem Vonnegut falou, e acho que é um axioma o fato de que até mesmo os geeks, que parecem gostar de reuniões, na verdade também não gostam delas. Vonnegut está certo em parte, porque a ficção científica – e por extensão todas as comunidades "geek" – é real não só porque existem pessoas que afirmam que ela é, mas também porque há uma infinidade de pessoas que ainda zombam dela. Para cada pessoa

4 De "The Jewel-Hinged Jaw"

que diz que "ser nerd é legal", há muitas que dizem casualmente e com desdém: "Eu não gosto de ficção científica"[5].

O saudoso e fantástico Ray Bradbury lançou o grito de guerra geek definitivo para enfrentar os "do contra", que não entendem os interesses da comunidade, quando disse: "Nunca dei ouvidos a ninguém que criticasse meu gosto por viagens estelares, atrações secundárias ou gorilas. Quando isso acontece, guardo meus dinossauros na mochila e saio da sala".

Olhe! São aquelas atrações secundárias irritantes outra vez, o lugar de onde os geeks originais vieram. Pelo menos um ponto de partida para saber por que ser interessado em ficção científica, fantasia, dinossauros, e todas essas coisas que vêm com elas, faz com que as pessoas se sintam no ostracismo. Eu acho que foi mais difícil para Bradbury, por ter crescido há quase cem anos, mas penso que ele teve sorte. Não só criou alguns dos melhores livros da história, entre todos os gêneros; mas também foi amigo de infância de Ray Harryhausen, o homem que literalmente deu vida aos monstros do stop-motion. Nos dias de hoje, seria como se J. K. Rowling estivesse na escola e fosse a melhor amiga de J. J. Abrams. Mas nem todos nós somos tão sortudos quando crianças, e, às vezes, nem mesmo quando adultos. Talvez não haja uma convenção de quadrinhos perto de nós, ou talvez essas reuniões não sejam bem o que queremos. Talvez ainda

---

5 Em "A Fictional Architecture" [Uma Arquitetura Imaginária], também de "The Jewel-Hinged Jaw", Delany insinua que essa afirmação é uma linguagem codificada para paessoas que não conhecem uma melhor. Eu gosto de pensar que esse livro que você tem nas mãos também é para essas pessoas.

hoje – com o reconhecimento pandêmico de Game of Thrones ou, literalmente, de cada super-herói Marvel já criado – haja uma aversão aos geeks. E se você acha que estou errado, então por que ainda estamos usando a palavra "geek"? Parece fácil criticar a esmo os interesses "geek", embora esteja ficando mais difícil, e é por isso que estou conseguindo escrever esse livro, para começar.

Acredito que só ficar esperando que o mundo mude não seja a solução, mas sim delimitar o nosso espaço. Porque, ao contrário de Bradbury, eu não guardo minhas coisas e saio da sala. Eu fico na sala. E converso. O que pode explicar o fato da cultura geek tornar-se mais comum do que era no século passado, e uma série de fatores conspirou para que isso acontecesse. J. K. Rowling não guardou as coisas e saiu para lugar nenhum. Nem Russel T. Davies, quando abordou a BBC sobre trazer Doctor Who de volta. Nem George Lucas, em 1977. Eles ficaram na sala. Eles falaram sobre seus trouxas, Senhores do Tempo e Cavaleiros Jedi. Fincaram o pé em suas esquisitices e tremularam suas bandeiras de excêntricos de uma forma que transformou todos nós. Eles não colocaram as ideias em uma caixa, ou em um gênero. Decidiram que elas estavam destinadas a sair da lista de atrações secundários, e estavam certos.

O que quero dizer com ficar na sala não é só sobre enfrentar as pessoas que não são geeks. Na maioria das vezes, aqueles com quem converso sobre as coisas de que gosto não são ignorantes ou inimigos, mas sim outros geeks. Nós precisamos descobrir por que gostamos das coisas que gostamos! Só porque alguma coisa é "de geek", não significa que seja boa, e é nosso trabalho como geeks (de qualquer variedade) questionar todas essas coisas, pensar sobre elas, e levá-las a um patamar acima das definições de gênero. Nas rodas de discussão, às vezes, vejo pessoas dizerem coisas como: "É uma fantasia épica, então supõe-se que tenha diálogos ruins". Ou: "É uma ópera espacial, não se espera que faça sentido". E por aí vai. Não podemos nos dar ao luxo de sermos clichês nestes círculos, porque o mundo está muito disposto a pegar esses clichês e transformá-los em monstros sem graça.

Geeks, nerds, fangirls, fanboys e os antigos fãs, todos têm o mesmo dever: ficar na sala, reconhecer que todos nós fazemos as regras. Eu, é claro, penso que estou certo. Mas não estou certo para sempre. E tenho certeza de que alguém vai provar que estou errado sobre uma das minhas muitas "verdades" neste livro. Essa é a ideia. É isso que deve acontecer. Este é o início de uma conversa, e eu espero que você se divirta. Talvez você seja um mau geek, e talvez eu seja um mau geek, também. Talvez você não tenha nada de geek. Talvez você seja minha irmã, que, de alguma forma, não é geek. Talvez você seja um robô muito inteligente do futuro, tentando determinar que textos humanos de 2015 você deveria carregar para sua nave estelar da mente coletiva. Qualquer que seja o caso, seja bem-vindo. Estamos em 2015. E somos todos geeks. Mas talvez, apenas talvez, não precisemos dessa palavra algum dia. Talvez a gente desista, porque agora que estamos fora das atrações secundárias, fartos de sermos zoados, confortáveis com nossos dinossauros e gorilas, vamos deixar de lado o rótulo. Talvez algum dia seja diferente. Antes de deixar DeLorean no futuro de 2015 no final de De Volta Para o Futuro, Doc Brown disse a famosa frase: "Estradas? Para onde estamos indo não precisamos de estradas". Uma estrada é apenas um obstáculo, uma direção, uma categoria. Talvez o mesmo venha a ser verdade para isso. Talvez um dia possamos inventar palavras novas para "ficção científica", "fantasia" e "geek".

E eu suspeito que esse dia seja agora, porque você pode conhecer o "agora" por outro nome. O futuro.

OS PASSARINHOS, AS ABELHINHAS E BARBARELLA

DAR DE CARA COM SEUS pais fazendo sexo é uma coisa, mas dar de cara com um casal de dinossauros transando é outra bem diferente. Não que seja pior, é só um tanto inesperado, principalmente se você não é um dinossauro. Quando somos crianças, descobrir as questões relacionadas ao sexo não é algo que estejamos querendo desvendar; é somente uma coisa que nunca passou pela nossa cabeça. É como perguntar: "Como é que o Super-homem consegue se disfarçar apenas colocando os óculos?" Você não faz perguntas sobre essas coisas até mais tarde, quando se depara com elas quase que por acidente. E a minha conversa sobre "passarinhos e abelhinhas" foi precipitada por ver alguns dinossauros em ação.

Sem querer chocar ninguém, esse ato sexual não aconteceu em tempo real, nem era uma daquelas cenas de dinossauros de verdade em que a câmera fica chacoalhando. Sinto dizer que não tenho nenhum conhecimento sobre criaturas pré-históricas vivendo em segredo, embora conheça pessoas com fetiches com o Pé Grande. Esse ato "dinossexual" veio de uma revista, um velho artigo da revista de ciência/ficção científica Omni, datada de outubro de 1988, o que significa que eu tinha sete anos de idade. Junto com a Playboy e a Penthouse, meu pai também assinava a Omni, que eu adorava porque sempre continha meus assuntos favoritos: naves espaciais, alienígenas e dinossauros. Mas, nesse artigo, os dinossauros estavam fazendo algo que eu nunca os tinha visto fazer: eles estavam montando um no outro, como se um estivesse carregando o outro nas costas de um jeito horizontal e esquisito. Todos ali eram meus favoritos: apatossauros (falsos brontossauros), tiranossauros, tricerátopos. Eles estavam sorrindo? Isso foi antes que ficássemos sabendo dos raptors, por isso todos os dinossauros pareciam enormes para uma criança dos anos 1980. Será que não machucava ter um daqueles em cima de você? Mesmo se você fosse outro dinossauro?

As ilustrações tinham sido feitas por um artista chamado Ron Embleton e o artigo tinha sido escrito por Sandy Fritz, e era intitulado: "Sexo dos tiranossauros: Um Rabo de Amor". Meu cérebro de criança processou o básico das ilustrações - um dinossauro em cima do outro - e eu conseguia ler as palavras, mas nenhuma delas fazia sentido. Foi como saber que o Papai Noel não é uma pessoa real, ou que Godzilla não é, de fato, um documentário. Eu precisava que me explicassem aquilo. E meu pai ficou feliz em fazê-lo.

— Os dinossauros são como as pessoas — ele disse. — Quando amam mesmo outro dinossauro, eles transam e fazem mais dinossauros.

Meu pai não estava nem um pouco acanhado em falar sobre sexo e, relembrando agora, parecia que estava louco para arrumar uma desculpa para abordar o assunto, fingindo inocência, e usar a palavra "transar".

— Então, os dinossauros precisam amar um ao outro para fazerem mais dinossauros? — eu disse.

— Bem... — disse meu pai.

— Então eles todos morreram porque deixaram de amar uns aos outros?

Meu pai pensou nisso por um instante, alisando delicadamente o bigode à Tom Selleck, apropriado para a época.

— Talvez a parte do amor não seja a mais importante — disse —, mas o que eles faziam por causa dele.

Durante a infância e a adolescência, os papos sobre ciência e ficção científica especificamente sempre me pareceram ser um estranho portal para o conhecimento sobre sexualidade e a idade adulta, o guarda-roupas que levava a uma Nárnia nua e maluca. Meus pais eram estranhos híbridos sociopolíticos de outra dimensão, republicanos totalmente agnósticos (nós nunca íamos à igreja) que mantinham um horário rígido para dormir e uma agenda de afazeres rigorosa, contanto que não fosse muito violenta. Não é que meu pai deixasse a Playboy e a Penthouse jogadas por aí o tempo todo, mas podia acontecer. Ele era fotógrafo, então acho que ele e minha mãe tentavam cultivar uma filosofia meia-boca de que "o corpo humano é bonito", que colocavam em prática tão bem quanto o "Nós éramos hippies, mas agora amamos Reagan" permitia. Quer dizer, minha mãe ainda era uma mãe e meu pai ainda era um pai, o que quer dizer que, quando meu pai tentava alguma bobagem, minha mãe caía em cima. É onde entra Barbarella.

Barbarella. 1968. Jane Fonda, que faz o papel principal, está de botas espaciais e um pouco mais do que isso, empunhando uma arma de raio e parecendo uma supernova de pornô softcore sci-fi. Se você não conhece, não sei se precisa assistir, mas o filme, de certa forma, é um clássico da ficção científica. Isso não quer dizer que seja bom – assim, de todo –, é só que, quando o assunto é ficção científica e fantasia "importantes", os cânones mais populares da ficção científica e da fantasia incluem todos os tipos de coisas boas junto com umas merdas absolutas que são memoráveis, mas também bem boas em outro sentido. Perdidos no Espaço, por exemplo, é terrível, mas tinha aquele robô sensacional e uma família que vivia em um disco voador, então o seriado se torna "importante". Perdidos no Espaço comparado a um episódio do clássico *Star Trek* é exatamente como o fato de que o vinho em caixas é vendido na mesma loja que um delicioso Barolo. E, às vezes, você pode querer ficar com a caixa de vinho porque é mais prática.

Acho que isso, mais do que qualquer coisa, foi o que historicamente afastou muita gente da ficção científica e da fantasia: a inabilidade de ver pontos positivos nos piores exemplos, e não conseguir distingui-los das supostas "coisas boas". Como mencionei, aquelas Playboy ficavam, às vezes, jogadas pela casa, mas, devido à condição de fotógrafo de meu pai, também ficava por ali um manual em branco e preto chamado Nu Fotográfico: O Jeito Francês. Quando cheguei à adolescência, eu, sinceramente, preferia as damas do Nu Fotográfico: O Jeito Francês àquelas dos ensaios da Playboy. Será que essa distinção pode ser a diferença entre a "boa" ficção científica e o "lixo"? Mais ou menos. E o pior é que fica ainda mais confuso quando você considera que autores pioneiros do gênero como Margaret Atwood e Ursula K. Le Guin foram (e ainda são) publicadas na Playboy. A mistura de "lixo" não intelectual com o "brilhantismo" de alto conceito é a herança inegável da ficção científica e da fantasia, e isso está totalmente conectado às noções de crescimento de uma pessoa jovem. O que – dãã – está ligado a sexo.

A ideia de que aqueles de nós que se apaixonam por ficção científica e fantasia são obcecados pelo que é fácil quando são jovens é enganadora, porque todas as crianças são obcecadas pelo mais fácil. São crianças! E, se ainda gosta dessas coisas – robôs, alienígenas e dinossauros – quando adulto, pode parecer como se você não tivesse crescido. Como adulto, tenho sorte de ter um montão de amigos que estão totalmente mergulhados na praia do cosplay: eles se vestem como personagens de suas ficções favoritas. Um casal que conheço costuma fazer roupas aos pares, e a minha favorita foi quando eles se vestiram como Luke Skywalker e Han Solo, em parte porque esse casal é de meninas. Nas próximas vezes, elas se vestirão de algo mais intelectual: talvez personagens da versão em livro de Duna. O tipo de geek que você é depende do dia e do seu estado de espírito. Vinho em caixa ou Barolo.

Mas onde Barbarella entra nisso? Para começar, Barbarella é um filme deliberadamente ruim, com as armadilhas pornográficas de uma ficção científica embaraçosamente movida a testosterona à moda antiga. E, mesmo assim, de alguma forma, para mim, é acidentalmente um trabalho progressista de um gênio do sci-fi. Barbarella – o filme – é como um erudito idiota, talvez inconsciente de que é bom (e ruim em muitos momentos) e talvez nem mesmo bom de verdade, mas infinitamente redimível. Uma Pedra de Roseta para explicar como pensamos na ficção popular. Barbarella – a pessoa – é essencialmente um James Bond de saia, alguém que transa com pessoas para conseguir o que quer, e definitivamente sem qualquer intenção de fazer "Barbarellazinhos". A partir dos primeiros momentos de um strip-tease em gravidade zero, eu – um menino de nove anos – comecei a ligar os pontos entre sexo como um ato por vezes reprodutivo e sexo como recreação. O comentário feito por meu pai, alguns anos antes, de que os dinossauros faziam aquilo para se divertir começou a fazer um pouco mais de sentido. Só porque você passou pela conversa de passarinhos e abelhinhas (e brontossauros) não quer dizer que entenda instantaneamente de sexo, o universo, e tudo o mais, da noite para o dia. Em 1990, eu era um pouquinho mais mundano do que quando tropecei no "Sexo do Tiranossauro", mas, com dez anos, eu ainda não tinha descoberto meu corpo ou a ficção científica. Para ser honesto, aos 33, há uma boa chance de que isso ainda não tenha acontecido.

Barbarella teve um efeito profundo em mim. Há algo bastante inocente em apreciar esse filme, porque ele é descaradamente sobre sexo. E mais, por ter sido exposto a ele tão jovem, eu conseguia ver as coisas boas do filme sem qualquer bagagem sexual ou misógina. É claro, eu estava começando a sentir uma certa agitação por assistir aquele filme, mas garotinhos têm tanta energia sexual estranha que era inevitável. A coisa profunda sobre Barbarella foi que eu fui influenciado por meu pai a alugá-lo.

Quando íamos à locadora de vídeos com nosso pai ou nossa mãe, tanto minha irmã quanto eu tínhamos permissão de escolher o "nosso" filme, enquanto o parente que estava conosco pegava alguma outra coisa. Por bons cinco anos, isso significou que eu me escondia na seção de sci-fi/fantasia/terror de um buraco na parede sem franquia chamado Movie SuperStore. Na maior parte do tempo eu ficava com os filmes clássicos de monstros – Frankenstein, O Monstro da Lagoa Negra, O Lobisomem – que meus pais suportavam porque normalmente não tinham sangue. Você poderia chamar essa política de "seios sim, sangue não", mas antes de Barbarella, quase tudo era sangue. No dia em que isso aconteceu, entretanto – em algum dia de dezembro de 1990, acho – eu provavelmente estava com as mãos em Godzilla contra o Monstro Cósmico, ou algo parecido que, com certeza, já havia assistido. (Nota: não é engraçado como garotos se agarram desesperadamente ao conhecido? Ao lado das pessoas mais idosas, eles devem ser os mais ajuizados em seus modos do que qualquer outra faixa etária). Mas meu pai era do tipo: nada de Godzilla, que tal Barbarella?

— Você vai gostar desse! — Ele disse. — Tem todas as suas coisas favoritas nele.

— Dinossauros? — Eu disse.

— Não, mas naves espaciais e pistolas de raio e, veja, esse cara voa!

Tive que admitir, a pistola de raios de Barbarella parecia fantástica, e tudo mais sobre o filme parecia atraente. Quando chegamos em casa, minha mãe virou os olhos quando viu o que eu tinha escolhido como "o meu filme".

— Foi o Ryan quem escolheu isso, não foi? — Ela bufou. — Sozinho?

— O quê?! — Disse meu pai — Ele vai adorar.

— Aposto que ele não será o único. — Minha mãe disse.

Naquele momento, Barbarella tornou-se meu primeiro prazer proibido. Gostei muito do filme, embora nunca tenha dito isso para a minha mãe. E, no meu íntimo, eu sabia que não havia entendido o filme, mas ele estava me transformando. Quando Jane Fonda tem um orgasmo tão intenso que quebra a "Máquina Excessiva", eu não tinha ideia do que estava acontecendo. Se eu entendia as tendências lésbicas entre ela e a Rainha Negra de Sogo? Não. Perdi a piada com o nome Dildano? Sim. E fiquei, como muitos de vocês, completamente confuso com a busca por alguém chamado Duran Duran?[6] Sim, a banda tirou seu nome desse filme; o filme não estava procurando pela banda, contudo, filosoficamente, meio que estava.

De alguma forma, como Barbarella era uma garota e parecia estar no controle do filme, o que aconteceu de modo

6 Tecnicamente, o nome da personagem do filme é "doutor Durand Durand", encenado por Milo O'Shea. A banda dispensou o "d" final.

pouco convencional, acho que isso me fez começar a pensar de maneira diferente sobre o que esperar desse tipo de enredo. E, talvez, de outras coisas também. Ironicamente, como ainda estava meio que descobrindo algumas das paradas sexuais no filme, pude tirar minhas próprias conclusões dele. Conclusões que meu pai, o suposto fã de Barbarella, foi absolutamente incapaz de tirar. Não acho que esse era o resultado que ele esperava. Acho que o objetivo dele era me transformar em uma espécie de homem apreciado pelos outros homens, mais ou menos como ele. Isso não deu muito certo, porque o que concluí do filme tinha pouco a ver com o que meu pai adorava nele. Ele criou um monstro, totalmente por acidente.

Ao assistir Barbarella quando adulto e crítico de ficção científica, percebi que minhas ideias sobre ficção científica/fantasia tiveram início bem ali. Quando garoto, aquele não era um filme que eu queria ver. Ele não reforçou nada que eu realmente gostasse nesses tipos de enredo naquela época – personagem principal masculino, morais do espaço sideral, pessoas vestidas –, que é precisamente porque ele me mudou. Ao atirar sexo na cara do espectador, e uma mulher não sendo a vítima, o filme tentava transmitir (de uma forma um pouco ingênua) o progressismo dos anos 1960, que estava, na verdade, perdido em alguém como meu pai, que era daquela geração. Em 1990, como um tipo de Larry Flynt conservador de araque, meu pai só assistiu ao filme como uma desculpa para assistir pornô softcore na hora do jantar. Para ele, Barbarella era a realização dos desejos, sair impune de alguma coisa, reforçando sua própria interpretação do sentido do filme. Mas, para mim, era uma mudança de mar, algo que estava na categoria de coisas que eu gostava, mas que era totalmente diferente. Porque era tão imperfeito, e tão estranho e cheio de coisas que eu não compreendia, mais parecia um desafio. E isso exigia que eu prestasse mais atenção e que pensasse sobre a vida como eu nunca havia feito antes. Uma mulher podia administrar o show, um homem cego podia voar, e talvez o astronauta que você está tentando resgatar venha a se tornar um bundão. Eu sei que as feministas ficam divididas quanto a esse filme, mas pode me colocar entre as feministas que pensam que o bom suplanta o ruim nessa bagunça da cultura popular. E isso porque Barbarella é exatamente como um conto de Margaret Atwood aparecendo em uma publicação da Playboy, uma mensagem misturada que exige que o indivíduo separe o bom do ruim, o mais fácil da potencialidade para o crescimento intelectual e emocional.

Logo depois dessa visão épica, meu pai (que faleceu em 2012) me ofereceu sua definição do que "realmente era" ficção científica. Ele repetiria essa noção durante minha idade adulta.

— Você precisa ter três coisas — disse ele —, naves espaciais, robôs e garotas. Do contrário, não é ficção científica que eu quero assistir.

Sem dizer que meu pai gostava dos vídeos musicais de Robert Palmer.

Felizmente, eu não ouvi. Eu tive aqueles dinossauros inocentes e não eróticos como minha primeira apresentação ao sexo bem antes que ele me contasse esse tipo particular de bobagem de pai. E na época em que ele falou, eu já havia começado a pensar de maneira diferente sobre Barbarella, de qualquer forma. Gostar daquele filme me ensinou o que eu percebo de mais importante na ficção científica e na fantasia: só porque alguém a define para você, não quer dizer que você não possa redefini-la por si só.

Meu pai tinha uma visão limitada, totalmente avessa e incorreta da ficção científica, mas, ainda assim, conseguiu me apresentar coisas boas, mesmo que por acidente. Amar o bom com o ruim é parte do que significa amar ficção científica e fantasia. E, assim como perceber que os dinossauros podiam adorar uma transa, eu estava começando a descobrir que havia muito mais sobre robôs, sexo e sobre a própria vida do que meu pai, ou até mesmo Jane Fonda e sua pistola de raios, poderiam me ensinar.

EU SEI QUE
É SÓ FICÇÃO
CIENTÍFICA, MAS
EU GOSTO!

A FICÇÃO CIENTÍFICA SE TRANSFORMOU em rock'n roll para mim quando eu tinha dezessete anos, no verão de 1999. Pouco antes de começar o último ano do ensino médio, eu fazia turnos em uma livraria em Phoenix, no Arizona, onde fechava o estabelecimento quatro noites por semana com meu gerente, e herói pessoal na época, o Capitão Pirata do Espaço.

Escandalosamente bonito, trintão, com uma cabeleira escura, barba e sempre vestido de preto, o Capitão Pirata do Espaço era jogador de basquete, alto, mas arqueado, provavelmente por ter enterrado o nariz nos livros na escola. Isso deu à sua beleza uma semelhança com Ichabod Crane[7]. Eu não conhecia o Pirata do Espaço Capitão Harlock - a personagem de anime - na época, mas o semblante com barba não fica muito longe. Ele ia de moto para o trabalho e usava uma jaqueta de couro preta, que, quando tirava, revelava o colete preto e a gravata preta fina. Ele era um super-herói, uma mistura dos Beatles vestindo couro em Hamburgo, que você vê naquelas fotos bem antigas com os Beatles bem-apessoados do Ed Sullivan. E, como ele era a única pessoa naquela época que sabia mais de *Star Trek* e *Star Wars* do que eu, o Capitão Pirata do Espaço era quase tão rock'n roll quanto podia.

Isso pode não ser exatamente uma prova de que ele era legal, mas minha mãe tinha um crush por ele. Embora eu, normalmente, fosse para o trabalho com minha picape

7 Ichabod Crane: personagem do conto de Washington Irving, *A Lenda do Cavaleiro sem Cabeça*, é um professor magrelo e atrapalhado, e bastante supersticioso.

Dodge 1987 dourada – completa e com um decalque de um X-Wing na janela, afixado sem nenhuma ironia acima de um adesivo da banda Oasis –, um dia fui forçado a uma carona solidária com minha mãe, para que ela pudesse pegar a picape e fazer outras coisas depois de me deixar no trabalho. Naquele dia, ela saiu do carro e entrou na livraria para dar um abraço no meu chefe, o Capitão Pirata do Espaço. "É o sorriso", ela disse quando falamos sobre isso tempos depois. "Ele sorri como o Indiana Jones".

O Capitão Pirata do Espaço me contou que, tempos atrás, tinha namorado uma das atrizes de Buffy, a Vampira antes que ela ficasse famosa, mas não quis me dizer qual. Ele me contou que tinha visto onze tomadas diferentes de Blade Runner no ano em que foi lançado. Contou que a versão romance de *Star Wars: From the Adventures of Luke Skywalker* [Das Aventuras de Luke Skywalker], de George Lucas, na verdade foi escrita por um cara chamado Alan Dean Foster, embora o roteiro de Lucas tenha vindo primeiro. A namorada do Capitão Pirata do Espaço era só um pouquinho mais velha que eu, e eu achava a diferença de idade entre eles muito estranha, mas internalizei tudo como parte do que fazia meu gerente legal. Naquele ponto, a namorada dele sabia mais sobre vampiros do que qualquer um que eu conhecesse.

Ele me deu também uma chance. Tecnicamente, o Capitão Pirata do Espaço não deveria ter me contratado para a livraria, porque era contra a política da companhia admitir qualquer pessoa com menos de dezoito anos. Mas ele me deu o emprego porque eu frequentava assiduamente as noites de jogos geek e o clube do livro de *Star Wars* desde os quatorze anos. Quando arrumei o emprego, não conseguia acreditar na minha sorte: eu estava sendo pago para ler livros e falar sobre *Star Wars* o dia todo. Estava dando início à minha fantasia rock'n roll de viver no mundo protegido das coisas geek que eu adorava, cercado apenas por pessoas "entendidas". E preparem-se para ficar boquiabertos: muitos dos meus colegas de trabalho não se consideravam "entendidos".

O ano de 1999 foi muito bom para que os geek de sangue quente ficassem irados com todas as coisas que eles odiavam amar e com todas as coisas que amavam odiar. Se você viu Alta Fidelidade, está familiarizado com a quantidade de gracejos pseudointelectuais em excesso que permeia um lugar onde as pessoas estão muito mais por dentro das coisas do que as pessoas para as quais as estão vendendo. A personagem de Jack Black, Barry, resume isso em Alta Fidelidade: alguém que é tão esnobe que não consegue vender um disco para um cliente porque o cliente não gosta dele do jeito "certo". Na livraria, tínhamos quatro "Barrys" da ficção científica em todos os turnos, todos muito rápidos em me dar cortadas sobre minhas opiniões altamente subdesenvolvidas em tudo, desde *Star Trek* e Babylon 5 até a morte do Super-homem, e se a série Duna foi ou não arruinada pelo fato de que é lida. Naquela época (e, ocasional e vergonhosamente, ainda hoje), eu, às vezes, era como aqueles caras, um esnobe acidentalmente dando palestra para alguém sobre o "verdadeiro" Buck Rogers, ou sobre o motivo de que certa interpretação de Batman ou de Sherlock Holmes era "uma porcaria".

O Capitão Pirata do Espaço, contudo, era muito dócil e muito tranquilo para me corrigir da forma como alguns dos outros clones fariam. Ele não era amargurado ou estafado, pelo contrário, era inabalável e tolerante com minhas explosões de ira nerd. Se eu quisesse fingir saber tudo sobre a história dos filmes de lobisomens, o Capitão Pirata do Espaço iria simplesmente permitir que eu passasse vergonha sozinho, deixando que eu metesse os pés pelas mãos com minha boca jovem e ignorante.

Certamente, por razões hormonais complicadas e contrárias, decidi dar uma de iconoclasta e fingir que odiava completamente o, na época, novíssimo filme Matrix, muito embora, falando de forma objetiva, ele fosse fantástico. Caso tenha esquecido: Matrix é um filme de 1999 em que Keanu Reeves vive uma vida normal e pacata até descobrir que sua vida real é falsa e todos no mundo estão, na verdade, conectados a um enorme e antigo programa de computador controlado por alienígenas. E a situação é que, uma vez que Keanu está no lado bom da "Matrix", ele pode fazer todo tipo de kung fu maluco, e, basicamente, se transformar em uma personagem de videogame veloz enquanto ouve músicas de Rob Zombie, Marilyn Manson e – olha só – Rage Against the Machine. E com muita preguiça, odiei o filme. Eu disse a mim mesmo que toda essa coisa da Matrix era confusa e cheia de música angustiante e ruim, o que o tornava muito próximo à minha casa. Matrix era ficção científica, mas como eu mesmo não podia escapar para dentro dela, decidi que o filme não fazia ficção científica do modo "correto" e reagi dizendo a todos os meus companheiros Barrys que o filme era "um lixo". A maneira mais fácil de fazer isso era fazendo afirmações com base em um falso sentimento de superioridade e em uma educação em ficção científica que eu imaginava que já possuía. Eu disse coisas como "não é original", e depois meio que só insinuei que todos sabiam que deveria haver algum tipo de texto empoeirado de ficção científica de onde Matrix havia tirado todas as suas boas ideias. Para ser claro: eu realmente não tinha certeza de que isso era verdade, mas escolhi agir como se estivesse certo, de qualquer forma. É ciência reversa: aqui está a minha hipótese, não se preocupe em checar minha pesquisa, e agora me deixe ficar puto porque você não concorda! Eu acho que percebi que todo mundo também já estava farto de porcaria e, já que ninguém estava realmente a fim de pesquisar as coisas, provavelmente não importava se eu estava certo ou errado sobre Matrix. A melhor coisa a fazer era ter uma opinião, e se você fosse um geek de verdade, a opinião padrão provavelmente sempre seria negativa. Isso, mais do que qualquer coisa, explica a popularidade dolorosa da personagem do Cara dos Quadrinhos dos Simpsons, que está sempre declarando de forma desdenhosa que tudo é A PIOR COISA QUE ELE JÁ VIU!

Imagino que tornei a vida muito difícil para o Capitão Pirata do Espaço com toda a minha baboseira naquela época. Provavelmente, um dos motivos pelos quais Luke Skywalker é uma personagem tão cativante é que Mark Hamill o interpreta de uma maneira específica e sem ironia no primeiro filme *Star Wars*. Luke alterna entre um garoto ávido por agradar em um minuto e irritante e questionador no minuto seguinte. Pode parecer uma inconsistência da personagem, mas é maravilhosamente de acordo com o que é ser jovem e "rebelde sem causa". Mesmo antes que os Stormtroopers do Império assassinassem a família de Luke[8], ele era uma

---

8 Eu não endosso a teoria "popular" da internet de que Boba Fett matou o tio e a tia de Luke. E por toda a leitura que já fiz desse livro, acho que, nesse caso, a explicação mais simples é a correta. Obi-Wan diz: "Só os *Stormtroopers do Império* são tão precisos". Para mim, é isso. Eu também não gosto da teoria de Boba Fett porque ela não diz nada a mais sobre *Star Wars* ou nossa cultura, e não tem impacto sobre nada. É apenas pornografia bizarra de falsa continuidade. Na qual, normalmente, me incluo. Só que não com Boba Fett.

pessoa frustrada e raivosa. Quando a tia e o tio são reduzidos a esqueletos fumegantes, ele consegue uma desculpa, mas a maioria de nós não a tem. Somos apenas adolescentes enfurecidos. Talvez você seja, mas eu, definitivamente, era. Há uma piada excelente de Louis C. K. sobre como os garotos, no primeiro encontro, experimentam "todos os tipos de outros caras" enquanto tentam se descobrir. Penso que é isso que Luke Skywalker está fazendo em sua primeira aparição, e acho que é o que muitos de nós fazemos quando adolescentes. Arrotar opiniões mal cozidas de coisas que lemos, enquanto tentamos reunir o tipo de pessoa que devemos ser. Luke tinha Obi-Wan Kenobi para colocá-lo no rumo certo, e eu tive o Capitão Pirata do Espaço.

Até onde foi o trabalho na livraria, o Capitão Pirata do Espaço não conduziu um navio apertado, e eu, muitas vezes, tive a impressão de que ele estava sob uma grande pressão dos superiores na companhia para que seu grupo alegre de nerds descontentes colocasse os livros nas estantes de forma apropriada. Você pode pensar que os livros do *Star Wars* estavam organizados. E pelo fato de que eu era generosamente designado para organizar a seção de livros de ficção científica e fantasia, você pode pensar que eu faria o possível para que tudo ali estivesse perfeito. Pelo contrário, era uma bagunça. Uma fábrica desregrada de piadas, um pesadelo dos vendedores de livros combinado com um tipo de desorganização que fazia com que os livreiros necessitassem de hipnose para reprimir.

*

Nunca saberei se o Capitão Pirata do Espaço sabotou a moto naquela noite ou se, de fato, ela não queria pegar. Mas, o resultado foi que tive que dar a ele uma carona para casa, e tivemos de carregar a moto para a carroceria da picape. O Capitão Pirata do Espaço morava a 45 minutos da loja, em um condomínio onde era aquele cara do conselho de planejamento urbano que perguntava por que não deixavam que ele pintasse a casa toda de preto. Falamos sobre isso um pouco no caminho, mas também sobre trabalho. E foi aí que ele me perguntou por que minha seção não era tão organizada quanto poderia ser.

— Então, qual é o lance com os livros do *Star Wars*? — perguntou ele, e minha memória acrescenta que ele estava segurando um cigarro, embora não fumasse.

— O que você quer dizer? — perguntei de volta, entrando na US 60 e diminuindo o volume do rádio, que tocava One Headlight, do Wallflowers.

— É uma bagunça do caramba, cara!

— É mesmo?

— É — ele disse. — E você sabe, eu não ligo, mas acho que você podia, pelo menos, se esforçar um pouco mais no que diz respeito às coisas pelas quais você tem interesse. Quero dizer, de todas as pessoas que trabalham lá, você é o mais qualificado para fazer aquela seção ter uma aparência melhor.

— Mas ninguém se importa, cara — eu disse, me sentindo culpado e fazendo o que todos os adolescentes fazem quando se sentem culpados: contra-atacar.

— Bem, eu me importo.

Quando o Capitão Pirata do Espaço jogou uma citação de Luke Skywalker na minha cara, eu sabia que alguma coisa precisava mudar. Percebi uma coisa que me mostrava como eu encarava não apenas minha vida adulta, mas a ficção científica e a fantasia especificamente. Os nerds raivosos com quem trabalhávamos na livraria podiam não ligar se os livros do *Star Wars* estavam devidamente organizados, e o consumidor comum pode também não dar a mínima, mas o Capitão Pirata do Espaço reparou, e eu devia reparar também. Só porque alguma coisa é boba ou está envolta em padrões dúbios de legitimidade – como a ficção científica e a fantasia – não significa que você não deva levá-la à sério. O que é exatamente como o verdadeiro rock-and-roll.

Viver uma vida no estilo rock-and-roll às vezes significa drogas, sexo, e ser irresponsável, mas as pessoas têm de levar a música a sério para existir realmente, não importa o que aconteça. Você sabe, elas têm de ser estrelas do rock. Ser raivoso ou contestador com relação à ficção científica e à fantasia não era o suficiente. Meu amigo e mentor estava me colocando em um patamar mais alto, um patamar que significava que eu não iria ser alguém que começava um argumento declarando que alguma coisa era ou não era "a pior coisa do mundo". Ser rock-and-roll significa um pouco mais do que apenas quebrar guitarras no palco, já que você tem que saber como tocar essa guitarra em primeiro lugar. E, graças ao Capitão Pirata do Espaço, percebi que vários de nossos camaradas estavam apenas quebrando as guitarras sem saber o que fazer com elas. A ficção científica e a fantasia eram nosso rock-and-roll, e dependia de nós fazer a coisa bem-feita.

Na época em que completei dezoito anos, essa rede de livrarias tinha uma seção de revistas incompressível, uma seção de filosofia ridiculamente mal-organizada e uma seção de autoajuda que, na verdade, poderia levar as pessoas a ter um novo colapso nervoso. Mas a seção de ficção e fantasia era, agora, meticulosa. Em uma época antes que a Wikipedia pudesse me guiar, criei subgêneros que outras áreas da nossa cadeia de livrarias jamais teriam sonhado, e dentro da seção específica de um autor, os títulos dos livros não eram mais organizados por ordem alfabética. Não, não, não. Agora, esses títulos eram organizados por ordem de publicação, o que quer dizer que, já naquela época, tínhamos as Crônicas de Nárnia onde muita gente, hoje em dia, iria considerar a ordem "certa".

Quanto aos livros do *Star Wars*, contudo, organizá-los por autor ou por ordem de publicação não fazia nenhum sentido, e nesse momento o Capitão Pirata do Espaço ficou bastante impressionado com minha solução. Naquela época, quando a internet era mais como um efeito especial ruim do que algo que penetrasse em nossas vidas, coloquei os livros do *Star Wars* em uma ordem que sei que só existia em poucos lugares naquele tempo. Assim como o Rob, de John Cusack, organiza seus discos "autobiograficamente" em Alta Fidelidade, coloquei os livros do *Star Wars* em uma ordem específica de leitura; cada seção contava a biografia específica de uma personagem em particular. Havia uma pequena seção para Han Solo; uma seção para livros mais centrados na Princesa Leia; uma seção para algumas das antologias da época que focavam nas personagens menos importantes e vistos de relance; uma seção para o Chewbacca; e prateleiras bem maiores para Luke e o papai, Darth Vader.

Enquanto isso, será que eu estava certo a respeito de Matrix? Bem, como adulto de verdade, preparei uma lista de vigarices de Matrix bem extensa, incluindo um bom pedaço sobre o material cyberpunk de William Gibson e da famosa história de 1967 de Harlan Ellison, I have no Mouth and I Must Scream [Eu não tenho boca e preciso gritar]. Nesse conto, as pessoas são torturadas por um programa de computador alegre e maléfico que as odeia. A história termina com um cara sendo transformado em uma coisa em forma de bolha que não tem boca, assim como Keanu perde a boca no início de Matrix.

Nunca perdi minha boca grande, mas percebi que ter uma não era o que fazia a ficção científica ser parecida com o rock-and-roll. Em vez disso, você tinha que ser legal de verdade para ser legal. Como o Capitão Pirata do Espaço, descobri que a melhor maneira de encarar essa coisa é vestir a jaqueta de couro sobre o colete e a gravata, e falar sobre ficção científica como se ela fosse a única coisa que importa, mas também saber das coisas. Mesmo que você tenha adorado *Star Wars*, você provavelmente não teria notado meu sistema de organização bizarro e sutil, o que evoca aquela antiga questão: se você pode falar Ewoquês perfeitamente, mas não há um Ewok por perto para ouvir, isso ainda conta como perfeito? Acho que o Capitão Pirata do Espaço sabia a resposta e, depois daquele verão, eu também.

LUKE SKYWALKER NÃO SABE LER

AO CRESCER, EU ME IMAGINAVA exatamente como Luke Skywalker. Enquanto Luke vivia em um planeta deserto chamado Tatooine, e eu vivia em um subúrbio deserto chamado Mesa - Arizona, ambos éramos solitários esquisitos com interesses voltados para o mundo exterior, e ambos ansiávamos por aventuras proibidas. Aposto como bilhões de garotinhas e garotinhos se sentiam (e se sentem) da mesma forma que eu me sentia. Quando Luke Skywalker olhava fixamente para o sol se pondo, enquanto os acordes de John Williams tocavam e expressavam os desejos de seu coração, não havia nada que precisasse ser dito ali. Todo mundo entendia. É o suspiro coletivo de nossa sociedade maravilhada, de uma juventude contrariada, da vontade de buscar algo mais. Se Luke fosse uma sereia de desenho animado, esse seria seu momento em cima de uma pedra, empinando seu queixo e seu peito para o horizonte, desejando ser parte de outro mundo.

Talvez eu estivesse errado e não fosse nada parecido com Luke Skywalker, e minha infância tenha divergido da de Luke de diversas maneiras substanciais: ele tinha robôs como amigos e alienígenas histéricos como vizinhos, além da habilidade de pilotar naves espaciais sem um treinamento formal. Mas eu também tinha essas coisas, porque, como muitos de nós, elas existiam na minha cabeça, nos meus programas de TV e nos meus livros. Ei, qual é o livro preferido de Luke, afinal?

Infelizmente, Luke Skywalker não tem um livro favorito. E, mesmo que ele seja um modelo de sonhador, um louco por aventura, um arquétipo de herói de Joseph Campbell de olhos bem abertos, ele nos é apresentado, a princípio, como um pouco tacanho. Essa suposta descendência pop de Odisseu e Perseu reside no endereço de uma galáxia muito, muito distante, significando que não há nenhum Shakespeare, Homero, Robert Louis Stevenson, J. M. Barrie ou mesmo J.K Rowling que o faça querer fazer as malas e sair à procura de aventura. Em *Star Wars*, as noções românticas de aventura não surgem da literatura ou da tradição de contar histórias. Pelo contrário, Luke quer sair de casa e ir pro espaço porque está entediado pra caralho. E esse tédio pode ser advindo não apenas do fato de Luke não ter um livro preferido, mas porque ele, na verdade, não sabe ler.

Como mostrado no primeiro filme de verdade de *Star Wars*, em 1977, Luke Skywalker – quando você leva em consideração uma quantidade substancial de evidências – é um analfabeto funcional, e seus conterrâneos não se saem muito melhor do que isso. Em nenhum momento de qualquer um dos outros filmes de *Star Wars*, uma pessoa, droid ou criatura pega um livro, jornal, revista, diário ou livreto de poesia Wookie. Ao invés disso, se algo é lido brevemente por alguém em *Star Wars*, é uma frase lida em uma tela – e, mesmo assim, quase que certamente sendo "traduzida" por R2-D2. Eu digo que Luke e seus companheiros são analfabetos funcionais porque essa pequena quantidade de leitura acaba sendo a diferença entre uma pessoa fluente em uma língua estrangeira, e outra que só aprendeu o suficiente para pedir direções. E seja qual forma a forma que você enxergar isso, ninguém em *Star Wars* lê por prazer.

Para ser justo, encontrar um universo de ficção científica ou fantasia popular que seja ricamente permeado por sua própria arte indígena – e, mais especificamente, por sua própria literatura – é raro. O mais engraçado romancista e crítico literário, Lev Grossman, uma vez me disse, "Ninguém lê livros em Nárnia". Então, com o tipo de zelo que só tem quem vê alguém criticando as coisas que amamos, Lev foi de C.S Lewis a J.K Rowling e me explicou que não sentia como se Harry Potter fosse seu "tipo de herói" também, porque Harry Potter não parecia ser alguém que gostasse de ler. E ele está certo, já que, quando você para pra pensar a respeito, a amiga de Harry, Hermione, realmente curte ler, mas essa tendência de leitora dela é tratada como uma aberração em um mundo de mágica e aventura. Mais assustador ainda é o fato de a paixão de Hermione pela leitura, e a falta de cérebro de Harry e Ron refletirem a maior parte dos clichês do ensino médio e os reforçar acidentalmente. O garoto traça de livros que vive em nosso mundo, e realmente ama e lê os livros de Harry Potter, provavelmente só consegue se identificar com Hermione. De forma mais abrangente, o status de não-leitor de Harry está totalmente condizente com esse curso iletrado dos heróis fantásticos. Mas talvez não seja culpa dele. Talvez a culpa possa ser do excesso de estímulos. Quero dizer, se você vivesse em Hogwarts, fosse colega de quarto da Princesa Leia ou tivesse uma casa em Nárnia, o escapismo oferecido pelos livros poderia não ser suficiente. Pelo contrário, nesse tipo de narrativa, os livros tendem a ser mais como ferramentas do enredo usadas pelas personagens para resolver problemas do que um fim verdadeiramente maravilhoso em si.

Agora você, assim como eu, está totalmente ciente de que existe um motivo pelo qual longas cenas em romances ou filmes, onde personagens viram as páginas suspirando, nunca foram um grande lance. Você não consegue imaginar seus personagens lendo livros e esperar, ao mesmo tempo, que isso seja realmente excitante, especialmente se eles estiverem lendo por puro prazer. Então, não estou dizendo que deveríamos "ver" os personagens sentando por aí pra ler. Mas livros e leituras nos modificam, nos fazem mais inteligentes, então me incomoda que os protagonistas de grandes sci-fi ou fantasias épicas não se importem realmente com a leitura. A existência, ou mera sugestão, dessas atividades em certos mundos inventados é assustadoramente baixa.

Em Senhor dos Anéis, a leitura de Gandalf surge na forma de pergaminhos e profecias que ajudam a entender que diabos está acontecendo. Ele também sopra um monte de poeira pra limpar essa porcaria toda porque sempre parece que ninguém tocou em nada daquelas coisas em muito, muito tempo. Mesmo aqui, na Terra Média, um mundo nascido de um literata linguista como J. R. R. Tolkien, um lugar onde os livros realmente existem, eles são tratados como algo com que outras pessoas costumavam lidar. E aí – tanto nos livros quanto nos filmes – a leitura de Gandalf acerca de velhas lendas e mitos, é mais como uma montagem de treinamento de um filme da franquia Rocky do que qualquer outra coisa. Poderes de leitura ACIONADOS! Além disso, a sugestão de que O Hobbit ou Lá e de volta outra vez exista como um livro de verdade (a história da vida de Bilbo?) está no limite do insulto a um escritor de memórias de verdade. Porque ninguém parece ler de qualquer forma o fato de Bilbo escrever sua história de vida acaba soando como se, por um hobby desiludido, ele decidisse que pode escrever suas memórias, mesmo que nunca tenha lido nada parecido.

Ainda assim, eu amo os Hobbits e o povo da Terra Média, porque, mesmo que eles não leiam tanto quando eu gostaria, fica claro que eles têm livros, o que é uma das razões pelas quais eles ficavam por dentro de tantas coisas legais tão rápido. Galdalf pode estar satisfeito com aqueles livros e pergaminhos antigos, mas pelo menos ele sabe para o que está olhando.

A ficção científica popular se sai um pouco melhor aqui, com personagens tanto de *Star Trek* quanto de Battlestar Galactica totalmente adeptos a teatro, romances e poesias. E mesmo que a história das duas versões de Battlestar Galactica, de 1978 e de 2003, se passe em uma galáxia distante similar à de *Star Wars* (eles estão buscando pela Terra, então têm de estar muito, muito distantes), o povo de Caprica e das outras colônias costumam ler o tempo todo. Eles possuem tantos gêneros diferentes de literatura, na verdade, que a presidente Roslin até gosta de romance de mistério e assassinato de má qualidade, alguns que Admiral Adama lê para ela em sua cabeceira. É verdade que um bocado dessa literatura inventada em Battlestar soa um pouco forçada, mas a tentativa de, pelo menos, criá-la está em absoluto contraste com o universo desprovido de papel de *Star Wars.*

Star Trek, enquanto isso, tem pessoas citando de Shakespeare a Milton, praticamente desde seus primeiros momentos no ar. Além disso, o primeiro episódio "real" (contestável) de *Star Trek* original, *Onde Nenhum Homem foi Antes*, passa uma cena em que Garry Mitchell faz citações de Nightingale Woman [A Mulher Rouxinol], um poema fictício escrito por alguém de outro planeta, apresentando esse verso impressionante: Meu amor tem asas esguias e plumosas.

O fato de este poema espacial ser uma porcaria não é o ponto; o ponto é que, mesmo uma personagem como Garry Mitchell, em *Star Trek*, é muito mais letrado que qualquer um que tenhamos conhecido em *Star Wars.* Claro, em Star Trek II: A Ira de Khan, Spock dá a Kirk uma edição de Um Conto de Duas Cidades, de Charles Dickens, como presente de aniversário. Fica totalmente claro no diálogo que esses caras não são tão familiarizados com Dickens, e que talvez Spock esteja tentando começar um clube do livro no qual eles fiquem absortos pelos clássicos no intervalo entre vencer babacas interestelares e salvar planetas idiotas. É como se o livro de presente fosse uma deixa, já que todos nós sabemos que Kirk e Spock abandonaram a faculdade e têm uma educação inferior. Mas, ainda sim, é legal que esses caras estejam tentando.

Em seu livro não-ficcional de 2009, A Tirania do E-mail, John Freeman fala pouco sobre *Star Trek*, apontando que "A ficção científica pode nem sempre prever o futuro, mas é frequentemente uma brilhante contra-mitologia – um visível sintoma cultural – de nossas ansiedades predominantes". Isso significa que as melhores e mais brilhantes pessoas em *Star Trek* estarem um pouco atrasadas na leitura parece uma possiblidade bastante realista. Não tenho certeza se existem escritores de ficção científica vivendo no mundo futurista de *Star Trek* – sobre o que eles poderiam possivelmente escrever? (Quero dizer, eu adoraria ler uma história de ficção científica de um autor de ficção científica que morasse dentro de *Star Trek*. Quem não gostaria? É uma pena que H.G. Wells nunca tenha escrito uma história sobre um autor de ficção científica vivendo no século XXI.) – mas eu sei que ninguém no mundo futurístico de Jogos Vorazes tem vontade de ler, se tornar uma bibliotecária, ou escrever qualquer coisa além de suas próprias memórias. Você pode argumentar que *Star Trek* é uma visão utópica do futuro, enquanto Jogos Vorazes é uma distopia, mas quando falamos da forma como os livros são lembrados, estes tão diferentes mundos futurísticos de ficção científica são ambos pessimistas, pelo menos em relação ao futuro da literatura. Ser escritor não é algo sério nesses futuros, e livros são tratados como uma curiosidade antiquada. A ficção científica não está necessariamente orgulhosa de sua distópica afirmação sobre o futuro dos livros, mas a ideia de que as pessoas parem de ler no futuro normalmente parece uma conclusão precipitada. Na verdade, o enredo tanto de Zardoz quanto de Fuga no Século 23 acaba por sustentar a inacreditável ignorância das pessoas, com a antiga descrição de um Sean Connery bigodudo seguindo em direção a um alvoroço homicida porque encontrou uma cópia do Mágico de Oz, de Frank Baum, em uma biblioteca abandonada. Então, a narrativa sci-fi extremamente comum acerca da leitura segue mais ou menos assim: as pessoas se tornam preguiçosas, esquecem de ler, e tudo vai pro inferno. Ainda assim, por pior que a educação de Katniss possa ser, assim como Spock e Kirk, e diferente de Luke Skywalker, ela (provavelmente) sabe ler.

Será que *Star Wars* simplesmente não tem tempo para essa porcaria? Enquanto fantasia épica, ela não está exatamente preocupada com o que, especificamente, as pessoas curtem fora de sua aventura. Aqui, o realismo e a cultura não importam tanto quanto a história. Muitas pessoas gostam de apontar (muitas vezes corretamente, devo acrescentar) que o debate entre ficção científica e fantasia se mantém permanentemente dentro de *Star Wars*, à medida em que a ficção científica consegue ser mais realista, enquanto a fantasia é mais excêntrica e temática. E ainda, existem regras técnicas a respeito da Força em *Star Wars,* da mesma forma que a mágica tem regras em Harry Potter, Senhor dos Anéis e Nárnia. Além disso, tanto em sci-fi quanto em fantasia, um "mundo" fictício precisa fazer sentido para que nós possamos comprar o enredo, não importando quanto seja plausível nos principais detalhes e excentricamente temático ele possa ser.

Não se trata de chamar a cultura de *Star Wars* de "não-realista". Não. Estou, na verdade, dizendo justamente o oposto. É totalmente realista. Na verdade, é a falta de leitura que ajuda a explicar por que essa cultura fictícia é tão ferrada e oprimida. Nossa mídia diz muito a respeito de nós, e, no caso da cultura de *Star Wars*, é a mídia indígena que fala mais alto. Nos filmes de *Star Wars*, não existe qualquer reportagem ou jornalismo, o que, na verdade, começa a tornar a possibilidade de analfabetismo generalizado ainda mais provável. Nos prequels - onde um governo mais democrático está supostamente intacto - existe um buraco negro de noticiário político. Em A Ameaça Fantasma, vemos pequenas câmeras flutuantes girando ao redor de Natalie Portman no Senado, mas essas câmeras não parecem estar levando essa informação a algum lugar. Depois de assistir a todos os filmes de *Star Wars*, entendemos que essas câmeras não são para notícias, mas apenas para segurança. (em A Vingança dos Sith, descobrimos que esse tipo de registro de segurança serve, na maior parte das vezes, para atos de horror indescritíveis, aos quais Ewan McGregor assiste posteriormente. Mas quem poderia estar assistindo às gravações das câmeras de segurança no Senado ou no templo Jedi? Seguranças medíocres contratados com sabre de luz? Qual é a versão *Star Wars* para um taser?). Fica ainda mais esquisito quando você percebe que Natalie Portman está lá exclusivamente para falar ao Senado, pessoalmente, sobre sua causa, já que, presumidamente, nenhuma notícia foi escrita a respeito do bloqueio e invasão de seu planeta inteiro.

Nos dois prequels seguintes de *Star Wars*, temos uma boa pista de que o governo seja bastante manipulado por Palpatine, e sendo assim, tudo relacionado ao Senado tende a ser sobre reduzir sistematicamente os direitos civis fundamentais e ferrar o contexto democrático. Mas em A Ameaça Fantasma, logo no início proposto da saga, antes de Palps tomar o controle e se transformar em um monstro que detesta a liberdade, já parece que estamos lidando com um governo fechado e cheio de segredos. Porque se você consegue se livrar dos jornalistas, nem seria necessário o Lado Negro da Força para manipular todo mundo. Samuel L. Jackson e Yoda se sentam para conversar várias vezes nesses filmes sobre como "O Lado Negro torna tudo nebuloso". Mas acho que aquilo a que eles estão se referindo é apenas um gigantesco hiato de informação que poderia ser preenchido por um jornal.

"Mas, espera aí!", você pode estar me dizendo novamente. "As pessoas de *Star Wars* podem ler com certeza!". Isso é porque você, assim como eu, talvez ame esses filmes e, por isso, com certeza saiba que é FATO que em dadas cenas, R2-D2 manda mensagens para Luke ler em sua tela. Existe algo escrito nos controles do raio-trator também, e as pessoas nas naves procuram por botões com letras lá. Nós temos de falar sobre isso. E temos que conversar sobre Aurebesh que – como, em algum lugar, agora mesmo, um fã hard-core de *Star Wars* está gritando a plenos pulmões – é a língua "oficial" de *Star Wars.*

Aurebesh, bem como todas as coisas envolvidas em explicar *Star Wars*, é uma invenção retroativa, e certamente não foi criado por George Lucas. Na versão original de Uma Nova Esperança, os controles do Raio-Trator, com os quais Obi-Wan luta, têm as palavras "tractor-beam" (raio-trator) em inglês impressas embaixo deles. Mas, na versão especial restaurada de 1997 (tecnicamente a versão canônica) do filme, a expressão foi substituída por caracteres que, de acordo com muitos, são letras do alfabeto Aurebesh. De fato, no trailer do novíssimo filme da franquia - *O Despertar da Força* – vemos um piloto com escritos em seu uniforme de voo, que fãs hard-core "confirmaram" ser Aurebesh. E as palavras, quando traduzidas, diriam "Puxe para inflar".

Mas aqui, no entanto, vai a questão – Aurebesh foi criado por uma única pessoa: John Hazlett. Ele escreveu para uma infinidade de manuais relacionados aos jogos de RPG de *Star Wars* do anos 1990 e depois assinou um artigo para o site oficial de *Star Wars* intitulado The Written Word [A Palavra Escrita], que destaca a existência e a origem do Aurebesh. Ele fez um bocado de pesquisas e escritos nesse ínterim, e, com sucesso, produziu uma análise de nível quase acadêmico a respeito de onde as palavras escritas e línguas aparecem em *Star Wars*. Ele é apenas uma pessoa, e a maior parte de sua pesquisa recai pesadamente no texto dos romances, quadrinhos e, claro, jogos de *Star Wars*.

Ironicamente ou não, aqui em nosso planeta, existem provavelmente mais horas dedicadas a ler os livros de *Star Wars* do que a assistir os filmes da saga. Nas páginas de muitas dessas histórias, você pode acreditar ter encontrado evidências que contradigam diretamente a minha teoria de analfabetismo funcional. Mas, novamente, esses livros e quadrinhos também contradizem um ao outro a respeito de uma porção de coisas, incluindo a aparência de Jabba, o Hutt, o nome verdadeiro da mãe de Luke Skywalker (não o da Natalie Portman!), e se alguém tem ou não permissão para ter um sabre de luz cor-de-rosa. Mas isso não importa, na verdade. Porque digamos que Hazlett esteja certo. Digamos que o Aurebesh seja a língua escrita predominante nessa galáxia fictícia. Digamos que há um longo e detalhado registro histórico de como isso aconteceu. Digamos que a maior parte de sua pesquisa (parte da qual foi criada por conta própria, a propósito) esteja correta. Isso não significa que estou errado sobre o analfabetismo funcional. Não estou negando que, em algum ponto, exista evidência de uma língua escrita nessa galáxia. Eu estou simplesmente dizendo que as evidências parecem indicar que a maior parte das pessoas lá não leem, e acredito que isso aconteça porque eles não sabem ler, ou porque a compreensão de leitura que atingem seja muito limitada.

Até mesmo nos casos de leitura limitada, as "letras" (talvez em Aurebesh) e peças da escrita estão diretamente relacionados a tarefas. Pilotos do Império (ou Clones da República) são provavelmente alfabetizados funcionalmente, porque passam por algum tipo de academia de treinamento. No entanto, penso que a maior quantidade de indícios que temos sugere uma cultura muito mais relacionada à tecnologia e droids do que se possa pensar. A habilidade de Luke em ler um pouco de língua droid (novamente, talvez Aurebesh) escrita em uma tela é, como já mencionei, totalmente análoga à das pessoas que aprendem um pouco de uma língua estrangeira, apenas o suficiente para a comunicação ser possível. A pessoa capaz desse intercâmbio, o único que suporta as habilidades paupérrimas de leitura de Luke, é R2-D2. A alfabetização e educação, em um panorama geral em *Star Wars*, são algo como "pesque o que for possível". Han consegue entender o Chewie porque ele precisa. Luke descobre como pilotar naves espaciais de corrida T16s pelo Cânion Beggar. Anakin intui como construir C3-PO quando pequeno porque ele é um mágico foda! Tudo de incrível que qualquer um faça em *Star Wars* é cagada, com simplesmente os mais excepcionais personagens acidentalmente conseguindo uma fagulha de informação suficiente para se tornarem epicamente heroicos (ex: Rebeldes ou Jedis). E as pessoas que eles estão libertando são ignorantes e desunidas, resultado de gerações e gerações de analfabetismo e de recusa ao intercâmbio de informações. Não precisamos ir muito longe da própria família Skywalker para encontrar a prova disso.

Em Uma Nova Esperança, o Tio Owen precisa de um droid que possa falar Bocce. E então fala alguma coisa sobre a linguagem binária de seus umidificadores de ar. Bem aqui temos nosso microcosmo completo de como esse analfabetismo de fato existe e funcionalmente se perpetua: Tio Owen precisa de um tradutor e, mais especificamente, precisa de uma máquina que possa se comunicar com outra máquina para que ele possa fazer seu trabalho. Isso não soa como um cara que teve uma educação adequada, e sim como um que usa droids e computadores para dar um Google nas coisas que ele deveria já saber. Claro, ter droids conversando entre si através de códigos de computador não é algo que um ser humano comum possa fazer, mas será que o Tio Owen pode fazer qualquer coisa sem um robô? Talvez se ele lesse alguns livros, poderia encontrar um jeito de consertar seu casamento.

De certa maneira, *Star Wars* apresenta uma forma de viver caso o analfabetismo funcional generaliza do se tornasse uma realidade. Em nossa própria cultura, pictogramas e emojis muitas vezes substituem as palavras em placas de trânsito, portas de banheiro, mensagens de texto, etc. Os botões pressionados pelos trabalhadores da sala de controle da Estrela da Morte podem nem mesmo conter letras. Podem ser pictogramas representando diferentes funções, como disparo de "raio mortal" e "compactação de lixo". De qualquer forma, como aqueles caras conseguiriam ler algum coisa com aqueles capacetes?

Isso não quer dizer que não exista uma classe elitizada de pessoas capazes de ler. As pessoas mais educadas, como os cavaleiros Jedi, provavelmente sabem ler, e, talvez, até mesmo escrever. Mas o sistema de armazenamento de informações delas parece estar obscenamente ligado à informação em vídeo, muito mais do que no formato de texto. Em O Ataque dos Clones, Obi-Wan vai até a biblioteca Jedi, mas sua pesquisa parece ter menos a ver com livros e mais com belas cores, mapas holográficos interativos, etc. Obi-Wan basicamente entra na biblioteca e pede jogos interativos no lugar de livros. Mesmo um personagem tão sábio e supostamente fantástico como ele não lê tanto assim, pelo menos é o que vemos.

Uma invenção do universo expandido – especificamente dos quadrinhos Dark House Comics – foi a ideia de que os antigos cavaleiros Jedi gravavam suas coisas em pequenos hologramas chamados de "holocrons". Isso soma mais um pedaço de evidência sobre o analfabetismo funcional histórico em *Star Wars,* já que parece provar que uma mudança da comunicação escrita para a mídia audiovisual tenha acontecido há muito, muito tempo nessa galáxia. A predileção dos Jedi por um viés contrário à leitura por prazer, pode ser encontrada nas páginas da série de quadrinhos Contos de Jedi: A Era de Ouro dos Sith. Aqui, supostamente cinco mil anos antes do *Star Wars* "de verdade", um pequeno cavaleiro Jedi alienígena chamado Odan-Urr realmente curte ler "velhos" pergaminhos, e é recriminado por seu mestre Jedi que diz: "Você ficaria contente em passar o resto de sua vida na companhia de pergaminhos e documentos... mas um Cavaleiro Jedi tem outras responsabilidades, outros deveres". Como eu disse, existia uma língua escrita bem como documentos escritos, mas através da nova tecnologia, a tendência de confiar nesse formato de mídia se perdeu. Humanos e alienígenas que povoavam seu universo usavam a palavra escrita com o propósito de erguer a cultura básica deles – exclusivamente para comércio – e, logo que os hologramas se tornaram disponíveis, trocaram a escrita por eles. Se usarmos a interpretação redutiva básica de Marshall McLuhan no axioma O meio é a mensagem, o meio de holocrons Jedi parece enviar a mensagem de que informação verbal gravada é preferível à arte da escrita.

Ainda assim, vamos supor que os Jedi saibam ler e tenham esse tipo de aprendizado, bem como as pessoas ricas como a Princesa Leia, Padmé Amidala e Jimmy Smits. Mas tudo, tudo, tudo em *Star Wars* tem a ver com chats de vídeo via hologramas ou comunicação verbal através de links. Claro que, para que essas culturas progredissem e se tornassem autoridades em viagens no espaço, precisaram de linguagem escrita em algum ponto. Mas, quando chegamos ao "agora" de *Star Wars,* percebemos que a necessidade de aprender a ler e escrever sumiu completamente. Podemos, então, imaginar uma classe social de leitores educados, possivelmente engenheiros e programadores, que sabem construir e consertar tradutores, computadores e droids. Essas pessoas provavelmente têm empregos superbacanas e todo o resto do mundo está ferrado. Existe muita pobreza em *Star Wars,* e isso parece estar totalmente conectado à ignorância generalizada.

A ideia da educação se tornar obsoleta devido às mudanças culturais foi um precedente da ficção científica, vindo diretamente do maior rival de *Star Wars: Star Trek*. Na primeira coisa de Star Trek (a primeira de todas), "A Jaula", Vina fala sobre uma cultura que "se esqueceu de como consertar as máquinas deixadas pra trás por seus antecessores".

É isso que eu acho que aconteceu com a alfabetização na galáxia de *Star Wars*. As pessoas pararam de usar a palavra escrita porque não precisavam dela, e isso acabou deixando de ser uma habilidade de todos. Se alguém escreve "raio-trator" em Aurebesh no painel de controle, mas a maior parte das pessoas não sabe o que aquilo significa, realmente continua contando?

Entre o fim dos prequels (A Vingança dos Sith) e o início dos filmes clássicos (Uma Nova Esperança), somente dezenove anos se passaram. Isso significa que a existência de Cavaleiros Jedi alfabetizados mudou de um fato corriqueiro para lenda, praticamente da noite para o dia. (Nós vimos isso na nova série de desenhos Rebeldes, onde ser um Jedi é algo que você esconde para evitar a perseguição.) Até mesmo um companheiro de Vader chama a Força de "religião antiga", o que um fã cínico poderia facilmente dispensar como um dos muitos pontos indicativos de problemas de continuidade entre os prólogos e os originais. Mas, se fingirmos que tudo isso é o evangelho e que funciona, então a hiperbólica transformação da Força em antiguidade pode não estar tão distante se considerarmos que poucas pessoas podiam ler ou se informavam de qualquer maneira, sobre qualquer coisa. Porque o cidadão médio da galáxia em *Star Wars* recebe sua informação oralmente, através de histórias contadas por desbravadores do espaço em um bar, fazendeiros de planetas áridos, órfãos em cidades regidas pelo crime, etc. Qualquer espécie de afirmação parece possível. Hoje em dia, na Terra, um joguinho de telefone consegue facilmente espalhar boatos através de mídia social. *Star Wars* tem esse jogo de telefone sem a parte da leitura. Quando Palpatine assume o governo em A Vingança dos Sith, levantando seus braços como se fosse Tom Petty em um show tocando Learning to

Fly, todos o seguem porque ele é um influenciador. Palpatine tuíta verbalmente "Os Jedi tentaram me matar" e todo mundo fica tipo "Nossa, caramba!". E nem é porque eles são preguiçosos demais para ler os documentos originais: não existe nenhum! E, mesmo que existissem, eles não conseguiriam. Nessa cena, Natalie Portman anuncia que a liberdade morre "sob aplausos ensurdecedores". Mas, na verdade, a liberdade deles está morrendo porque eles são fracos e desunidos. A maior parte dos personagens sobreviventes dos prequels são os vilões, e eles provavelmente sabem ler. E se os Jedi parecem ser as pessoas mais educadas nos prequels, isso tudo muda quando eles são sistematicamente assassinados. A analogia mais fácil seria um governo da vida real queimando todas as escolas e universidades, e matando todos os professores, mas a manipulação de informação parece mais importante aqui. Se você estiver mal intencionado, uma vez que os livros tenham sumido, você está numa boa. Mas, e quanto a matar as únicas pessoas que poderiam ler? Melhor ainda. Talvez Natalie Portman devesse ter dito "É assim que a alfabetização morre...".

Estranhamente ou não, o Deus-Pai de *Star Wars* – George Lucas – na verdade pretendia mesmo que esse fosse um universo desprovido de papel. Em numerosos livros e entrevistas antes de 1997, Lucas mencionou que queria que suas palavras fossem independentes de papel, o que, longe de mim querer tirar o crédito dele, na verdade parece indicar que todo esse analfabetismo seja, no mínimo, indiretamente intencional (Você pode se perguntar: como alguém pode ser indiretamente intencional? George Lucas uma vez usou uma camiseta no set de Indiana Jones IV que dizia "Han atirou primeiro". George Lucas foi a pessoa que modificou as coisas para que Han não atirasse primeiro. Ele é assim o tempo todo: faz algo que não faz sentido, e depois, retroativamente, cria um sentido para aquilo). Nós não precisamos detestar George Lucas para provar que a maior parte de seus protagonistas não sabe ler e, na verdade, é possível que ele não discorde dessa interpretação (embora pudesse ficar incomodado com esse zelo tão analítico). George Lucas é obviamente um cara extremamente letrado e famoso (ou infame, dependendo do humor da pessoa) por basear muito da ação arquétipa mitológica de *Star Wars* em Herói de mil faces, de Joseph Campbell, significando que a "mensagem" de *Star Wars* é claramente individualidade, liberdade e tudo o mais que pareça um jeito positivo de se pensar a sociedade. E, ao mesmo tempo, não consigo deixar de sentir que, com toda essa influência psicológica em nossa cultura, *Star Wars* foi acidentalmente presciente em seu retrato de uma sociedade menos e menos letrada. Se você estiver lendo na Wikipedia a respeito de um romance ao invés de ler o romance, ou se você se dobra diante do tuíte de uma amiga sobre injustiça social sem realmente saber do que ela está falando, eu diria que você está a apenas alguns séculos de distância de alguém construindo uma Estrela da Morte em segredo, e de uma população inteira aceitando randomicamente o genocídio em massa de um grupo de mágicos espertinhos. Yoda nos diz que o caminho para o Lado Negro inclui raiva, medo e agressão, mas eu acho que ele se esqueceu de mencionar a ignorância.

Dramaticamente, acho que foi muito idiota Obi-Wan ter colocado um sabre de luz nas mãos de Luke, mas se ele quisesse prevenir tudo isso, então ele e Qui-Gon Jinn deveriam ter saído por aí ensinando os habitantes dos países pobres a ler anos e anos antes. Em uma metacrítica do universo no qual ele na verdade vive, Han Solo diz "Falsas religiões e armas antiquadas não são páreo para um bom canhão ao seu lado". Se lermos "falsas religiões" e "armas antiquadas" como uma deixa para *Star Wars,* então podemos fingir que "canhão" se transformou em "livro". Se existir Skywalkers reais em nosso mundo – daqueles que encaram a batalha para salvar uma cultura decadente da perigosa preguiça – complemente com idealismo de olhos bem abertos e acordes perfeitos, e você pode apostar que todos nós seremos um pouquinho, ou talvez muito, melhor lidos.

VESTINDO AS CALÇAS DE DRÁCULA

DIGA O QUE QUISER SOBRE os hipsters e as calças jeans skinny, epidemia do século XXI, mas como adolescente crescendo nos anos 90, eu ficava feliz em prorrogar a tendência de meus jeans muito largos estilo "can't touch this" da década anterior. Embora, pra ser honesto, quando tenha começado a comprar e usar calças um pouco mais justas, isso provavelmente tinha menos a ver com ser hipster do que com tentar ser como o Drácula[9].

Na adaptação cinematográfica de Drácula do ano de 1931, a histórica transformação de Bela Lugosi no famoso vampiro conferia superpoderes quase transbordando pelos ouvidos do personagem: ele podia se transformar em morcego e lobo (o último, fora de cena), podia voar, ficar invisível (também fora de cena, por motivos óbvios), sugar seu sangue, controlar sua mente, e até fazer uma impressionante negociação de imóveis, na qual troca um castelo na Transilvânia por um na Inglaterra. Mas seu poder mais duradouro era certamente o senso de estilo. Ninguém mais nesse filme chega perto da suavidade do Drácula de Lugosi e, em uma competição sobre quem usa calças mais legais – Drácula contra o mocinho do filme, John Harker –, o Drácula ganha de lavada.

O guru de monstros John Landis me disse uma vez que achava que, devido ao "intercâmbio de fluxos corporais", os vampiros tinham tudo a ver com sexo. Ele também disse que a interpretação do personagem por Lugosi redefiniu a ideia

9 Que provavelmente era um hipster, também.

que tínhamos de Drácula. "No livro, ele não é sexy", Landis disse, "Mas Bela Lugosi era esse ídolo sensual de matinê em Budapeste. O que é considerada uma atuação afetada, hoje, era muito arrojada, naquela época".

Porque os vampiros têm sido associados ao sexo desde sempre, a decisão de Lugosi de interpretar Drácula como esse ícone de moda vanguardista, declaradamente sexy, não partiu do nada. Antecedendo o romance de Bram Stoker de 1897 em setenta e oito anos, o conto The Vampyre [O Vampiro], escrito por John William Polidori em 1819, apresentava um sutil conquistador chamado Lord Ruthven, um vampiro sexy, suave, que tornaria Dorian Gray insípido e afetado. Escrito durante uma célebre noite escura e tempestuosa, curtindo com Mary Shelley, Percy Shelley e Lord Byron, esse conto também leva o crédito de dar a todos a ideia de que pessoas imortais que bebem seu sangue também serão pessoas com quem você irá querer ir para a cama.

Consideravelmente menos sexy do que Lord Ruthven é o vampiro de James Malcolm Rymer em 1845, Varney, que aparece no "romance" em série Varney the Vampire, or The Feast of Blood [Varney, o Vampiro ou o Banquete de Sangue]. Essa espécie de história em vários volumes fazia parte daqueles "penny dreadfuls" de que você talvez já ouviu falar: publicações baratas da Inglaterra vitoriana que eram feitas para incitar o suspense nos leitores e fazer com que voltassem sempre para ler o próximo lançamento. Se você fosse viajar no tempo para os idos de 1840 e tentasse simular televisão ruim em prosa, Varney, the Vampire seria provavelmente o resultado, e você seria um gênio por isso. É parco em personagens e consistência, mas eficaz em envolver o leitor com pontos de exclamação e bizarras, estranhas perguntas diretas. Perguntando "O que é isso – um estranho barulho tamborilado, como que milhões de pés de fada" ou "Isso foi um relâmpago?", as frases sozinhas fazem quase que o trabalho todo: "Você está vendo o vampiro?". Chamar a escrita de desengonçada seria fácil demais e um pouco cruel, mas parece haver algo de um pseudolivro "Escolha sua própria aventura" impregnado nos penny dreadfuls, além de existirem várias outras "coisas de vampiro" que aparecem pela primeira vez em Varney. Toda a coisa de controle da mente com "olhe nos meus olhos" se originou aqui, assim como a marca de dois furos no pescoço provenientes dos caninos pontudos. Nem Lord Ruthven nem Varney precisavam ser convidados à sua casa para começar a aterrorizar as pessoas, mas Varney é definitivamente mais rude em sua aparência do que o Lord Ruthven, o que significa que ele tira alguns pontos no quesito sexy dos vampiros por algum tempo.

Algumas décadas depois, as coisas voltam a esquentar. Vinte e seis anos antes do romance Drácula, em 1871, o irlandês Joseph Thomas Sheridan Le Fanu lança seu livro Carmilla, que nos traz as primeiras vampiras lésbicas. Ainda que Carmilla seja mais adepta da sedução do que Varney, até mesmo o leitor fica confuso sobre quem ou o que ela é a princípio. Mais importante, e diferente dos estúpidos vampiros homens que vieram antes dela, ela se torna a primeira vampira que precisa ser convidada a entrar na sua casa para poder te morder[10]. O Drácula de Bram Stoker, em 1897, também precisava ser convidado, e o autor pega ainda mais coisas emprestadas de Carmilla do que isso! Stoker faz Drácula se transformar em um cão em seu livro, enquanto Carmilla

10 Existe alguma polêmica em relação a isso por ser a primeira vez que imprimem um "convite vampírico", mas, considerando que "Carmilla" foi um influenciador direto do *Drácula* de Bram Stoker, eu acredito que isso esteja certo.

se transforma em uma gato preto. Ambos, Drácula e Carmilla, têm o hábito de só atacarem à noite, e em Carmilla também existe um caçador de vampiros expert chamado Barão Vordenburg, cujo nome não se parece em nada com o do nêmesis de Drácula, Van Helsing. Ambos Vondenburg e Van Helsing são holandeses e, mesmo assim, a expressão americana "going Dutch" [algo como "agir como um holandês"], por alguma razão, nunca quis dizer "caçar e matar vampiros". Vivemos em um mundo perturbado.

Então como acabamos com vampiros sexy, apesar disso tudo? O Drácula desse tal de Bram Stoker não copiou descaradamente o quesito sexy de outras histórias de vampiro que vieram antes dele? De certa forma sim, mas Drácula também tem sua base histórica bem ampla e bagunçada. A maioria das pessoas que curte vampiros afirma que Stoker baseou sua história em um personagem do folclore búlgaro do século XV denominado Vlad, o Empalador[11], muitas vezes chamado de Vlad Drácula, mas nunca de Vlad, "o Açougueiro"[12]. O livro também contém reviravoltas de narrativa bacanas, e foi grandemente aclamado por contemporâneos de Stoker, incluindo Sir Arthur Conan Doyle, criador de Sherlock Holmes. Foi mais amado que qualquer coisa de vampiro anterior a ele, talvez justamente por ter sido um livro inteiro, um romance. Então, plágio ou uma mistura literária bem feita,

11 O filme de 2014 *Drácula: A História Nunca Contada* tentou levar esse ângulo de Vlad mais a sério. Não é péssimo.

12 Em Os Caça-Fantasmas II, o antagonista principal é um espírito do século XV chamado Vigo, do Cárpato. São dados vários nomes a ele, como Vigo, o Profrano, e Vigo, o Desprezado. Bill Murray acrescenta: "Vigo, o Açougueiro". A história por trás de Vigo é uma homenagem completa a Drácula.

Drácula trouxe os vampiros ao século XX, e o personagem em si se tornou o vampiro a ser superado.

Isso não quer dizer que ele sempre vá ser assim. Colocando em perspectiva, se alguém fosse perguntado há 20 anos para dar o nome do romance mais famoso sobre magos, as pessoas provavelmente falariam em O Senhor dos Anéis, de J. R. R. Tolkien. Hoje em dia, estou certo de que Tolkien ainda seria mencionado, mas aposto que mais pessoas falariam dos livros de Harry Potter, de J. K. Rowling. Então você percebe que quarenta e dois anos se passaram entre o último livro da série de Tolkien, O Retorno do Rei, em 1955, e o lançamento do primeiro livro da série de Rowling, em 1997. Após apenas quatro décadas, os bruxos de Rowling são mais reconhecidos no zeitgeist popular que os de Tolkien. Na seara dos vampiros: foram cinquenta e dois anos entre Varney e Drácula, e Stoker tomou conta quase permanentemente da cena vampiresca até o surgimento de Anne Rice. O cidadão comum pensaria em Drácula como o vampiro "original", mesmo que não seja, e até ele está pendurado por um fio nos dias de hoje. Então não é inconcebível que, daqui a cem anos, Harry Poter ou Dumbledore se tornem conhecidos como os magos "originais", e não Gandalf ou Merlin. Quem pode saber quem será o vampiro-mor do século XXII? Talvez Edward Cullen?

Mas por que ainda nos importamos com isso? E de que forma isso está relacionado a sexo? Quando consideramos o fato bastante real de que pelo menos metade das pessoas que dizem gostar de vampiros jamais leram Drácula, como compreender a total familiaridade e obsessão de todos com ele? Não só todos já ouviram falar de Drácula, como podem literalmente ouvir a voz dele em suas cabeças, como se o Drácula "real" estivesse controlando suas mentes. E claro que estou falando do "Eu quero sugar seu sangue" com sotaque da Transilvânia.

Há alguns outubros, fui a um daqueles labirintos de milharal assombrados uma semana antes do Halloween. Foi em Sleepy Hollow, Nova York, e, depois de assistir a um espetáculo até bacana do cavaleiro sem cabeça, minha namorada e eu entramos na fila para a entrada do labirinto. Então, de repente, um pretenso sotaque da Transilvânia surgiu soando nos alto-falantes: "Boa noite... e bem vindos aos horrores que aguardam por vocês no labirinto adiante...". Eu olhei ao redor e rapidamente encontrei, em uma plataforma suspensa, a mestre de cerimônias, uma adolescente com uma maquiagem de Beettlejuice malfeita, usando um daqueles microfones de fones de ouvido, como se fosse a Shakira ou uma atendente de telemarketing. Interpretar esse "personagem" ia provavelmente ajudá-la a conseguir sua carteirinha do sindicato de atores. Eu fiquei extremamente irritado, não só porque o sotaque era péssimo, mas porque aquilo estava tão fora de lugar diante de toda a coisa de Sleepy Hollow e a lenda do cavaleiro sem cabeça. "Não é nem da mesma época", chiei sob minha respiração. Minha namorada revirou os olhos. É um mistério da natureza por que alguém ainda sai comigo.

Ainda assim, é esquisito que um ator pobre e batalhador, trabalhando em um labirinto assombrado mixuruca no interior de Nova York inerentemente saiba imitar a voz do Drácula, caso precise de uma "voz de Halloween". Não é como se aquela garota tivesse feito uma imitação da Kirsten Stewart como Bella Swan, ou de David Boreanaz em Buffy, a Caça-Vampiros. A maioria das pessoas ainda associa a ideia de vampiros a Drácula. E ainda que o Conde da Vila Sésamo tenha muito a ver com isso, não estou convencido de que seja o único motivo. O que estou dizendo é: mesmo que as pessoas não pensem especificamente em Bela Lugosi quando escutam aquela "voz assustadora", ainda é a voz assustadora de referência, porque começou não como isso, mas como "estou tentando seduzir você".

Se é possível ser infame com o profano, eu vou adiante e dizer aquilo sobre o que tenho feito rodeios até agora: Drácula enquanto personagem literário não é superinteressante, mas Drácula, o personagem interpretado por Bela Lugosi no cinema, é. Essa performance sensual e fantástica foi o que salvou a coisa toda da obscuridade. O personagem no livro falava inglês perfeito, mas isso não funciona em um filme. Então, observando mais de perto, o simulacro do Drácula se tornou o "Drácula real".

Se você for um esnobe cinéfilo, está provavelmente surtando neste momento e dizendo assertivamente que o filme alemão de 1922, Nosferatu, é mais importante no quesito vampiro que o Drácula de 1931, mas eu chamo isso de baboseira artística. Nosferatu é uma versão não autorizada do romance de Stoker, e não é engraçado ou sexy. Pode ser que leve os vampiros mais a sério do que o filme de Lugosi, e pode ser mais fiel ao espírito de terror do romance, mas, pra mim, nada disso o torna legítimo. Na verdade, para ser um pouco polêmico por um segundo, Nosferatu é uma ideia esnobe do que um filme de vampiro deveria ser: obscuro e difícil de assistir. Admito que possa ser legitimamente uma obra de arte melhor do que o Drácula de 1931, mas não é um filme que eu optaria por assistir. Lugosi é simplesmente mais maneiro.

No filme de Lugosi, quando Drácula se muda da Transilvânia para Londres, a primeira coisa que ele faz é aparecer na ópera e fazer sucesso com as moças. Ele está particularmente interessado na senhorita Mina (Helen Chandler), ainda que a amiga dela, a Senhorita Lucy (Frances Dade) tenha uma queda um pouquinho maior por Drácula. Logo depois dele conversar com elas, as mulheres estão escovando seus cabelos e fofocando a respeito do quão incrível ele é. Mina menciona querer alguém mais "normal", ao que Lucy responde com desdém: "Como o John?". Como eu disse antes, John Harker (David Manners) não usa calças maneiras. Ele praticamente nada dentro de suas calças enormes de estilo "eu frequento o clube country", e Manners interpreta o garoto-pão-de-forma de uma forma melosa não intencional. John não chega nem perto de ser interessante ou maneiro como Drácula. Esse cara tem o mesmo estilo de Jack Driscoll, de King Kong, e eu adoro imaginar um filme derivado em que os dois brincam de virar a xícara e discutem sobre futebol ou se suas namoradas têm permissão para ficar sozinhas. Se John estivesse ausente de Drácula, livraria o filme da incumbência de um herói tradicional, e talvez Drácula vencesse! Existe uma cena perto do fim em que Mina – parcialmente sob os poderes de Drácula – diz a John que "está tudo acabado". O seu tom de voz é sombrio como o de um término de verdade, e, por um segundo, você percebe que Mina realmente quer estar com Drácula, e isso não é controle da mente coisa nenhuma.

Se você está se perguntando por que monstros como Drácula exercem tanto poder sobre nós em geral, a resposta está aqui nesse filme. Tanto Mina quanto Lucy estavam a fim de Drácula definitivamente antes de ele usar o poder de controle da mente. E, ainda que elas não estivessem, nós – a audiência – estávamos por completo. Drácula é tanto o bad boy que queremos ser quanto o cara proibido que queremos namorar. Bela Lugosi incorporou os melhores aspectos de tabu de um vampiro, que começaram com Lord Ruthven e, claro,

Carmilla. Se o vampiro era "o mordedor", então, depois de Carmilla e do Drácula de 1931, "o mordido" se torna cúmplice da coisa toda. Estamos literalmente torcendo para que o Drácula vença. Essas bobas-da-corte com quem ele está saindo não estão prontas para seu senso de estilo ou suas ideias loucas acerca de relacionamentos. O Drácula de Lugosi é o monstro sexy que desejamos possuir ou nos tornar, caso a vida corriqueira e chata não estivesse no caminho.

Outro vampiro icônico – Barnabas Collins (Jonathan Frid) da longa novela Dark Shadows[13] [Sombras da Noite] é da mesma forma adorado pela audiência (assim como outros personagens), sem lançar mão de controle da mente. Em 2013, eu tive a sorte de poder conversar com Joseph Caldwell[14], um dos roteiristas originais de Dark Shadows. Ele me contou que contextualizar Barnabas como um vampiro simpático foi essencial para evitar que o personagem fosse visto como um mero serial killer. Caldwell explicou que a ânsia de matar em um vampiro é uma "compulsão", e conectou isso (como Landis fez) ao ato sexual. "É uma metáfora para o sexo compulsivo!", Caldwell declarou, e provavelmente estava certo. A audiência de Dark Shadows subiu até conhecidos vinte milhões de telespectadores depois da entrada de

---

13 Criada por Dan Curtis, *Dark Shadows* foi transmitida de 1966 a 1971 no canal ABC. Ia ao ar cinco vezes por semana. Seus seguidores cult são a *definição* de seguidores cult.

14 Joe é uma das pessoas mas legais que eu já conheci. Devido à maneira como funcionava a sala de roteiristas de *Dark Shadows*, Joe não tem muito crédito oficial pelas falas que escreveu para Barnabas. Mas ele também ganhou o Rome Prize da Literatura, então eu duvido que ele esteja mentindo sobre a questão de *Dark Shadows*.

Barnabas Collins[15]. E a razão pela qual todas aquelas pessoas torciam por ele não tinha nada a ver com seus poderes sobre as pessoas ou a capacidade de possui-las, e, sim, porque Caldwell e outros roteiristas criaram o personagem direito. Se a audiência não comprasse a ideia de Barnabas Collins como uma pessoa real, eles não se importariam. E essa é a mesma razão pela qual Drácula derrotou Varney tanto nas páginas quanto com Lugosi. Na verdade, os roteiristas de Dark Shadows eram tão apaixonados pelo filme de 1931 que afirmaram intencionalmente trocar muitas vezes a saudação italiana "Tante Bella Cose" por "Tante Bela Lugosi!".

Outros filmes que não foram de vampiros também pegaram dicas de Drácula, especialmente King Kong, de 1933. Somos avisados pelo cineasta meta-ficcional do filme, Carl Denham, de que estamos assistindo a uma história no estilo "a bela e a fera", mas isso é simples demais. A Ann Darrow de Faye Wray em King Kong era muito menos importante do que a senhorita Mina de Drácula. O real motivo para Denham dizer que se trata de uma história de "bela e fera" é tentar vender ao público a ideia de que Ann Darrow possa ter aprendido a amar Kong. E, diferente de Drácula, isso não

15 Muitas pessoas acham que Dark Shadows sempre foi sobre Barnabas, mas isso não é verdade. Ele não tinha aparecido até o episódio 211, quando Dan Curtis pediu a Joseph Caldwell e a outros roteiristas para botar lenha na história dos vampiros. O personagem deveria fazer parte de um arco temporário na história. Se você quiser, pode chamar isso de "efeito Urkel", uma vez que o sitcom dos anos 90 Family Matters tem uma questão similar: ocorreu novamente que o supernerd Steve Urkel (Jaleel White) ficou tão popular estalando o elástico de seus suspensórios que acabou se tornando um personagem fixo.

é verdade. E você poderia culpá-la? O que eles poderiam ter em comum?

Quanto mais um monstro se assemelha a uma figura inumana grotesca, mais a metáfora fica interessante. Em *O Monstro da Lagoa Negra*, de 1954, havia dois homens - sem contar com a criatura do título - competindo pela atenção da protagonista feminina, Kay. Um deveria ser o cara legal, David, e o outro, Mark, é um babacão. Nesse tipo de filme, podemos facilmente apontar qual dos caras é um idiota porque ele sempre é o mais disposto a usar violência contra quem quer que o monstro do filme seja. Porque nós já estamos torcendo pelo monstro nessas situações (você acaba com eles, Drácula/King Kong/Monstro!), ficar contra o humano que está espumando pela boca atrás de derramamento de sangue fica fácil.

Mesmo o Godzilla original (Gojira, no Japão), não era imune a essa fórmula. Nunca, nunca se esqueça: o imenso clássico de enredo que acontece no primeiro Godzilla, é o fato de que o belo capitão de embarcação Hideto Ogata e sua namorada, Emiko, decidem colocar seu noivado em espera porque, dã, o Godzilla está atacando! Se os monstros existissem na vida real, os psicólogos provavelmente delineariam um padrão em pessoas que tentam fugir de seus compromissos amorosos porque estão com medo do Drácula, King Kong ou Godzilla. O que é apenas uma metáfora para pessoas com fobia de compromisso. Na mais recente encarnação de Godzilla, em 2014, ou os roteiristas estão completamente cientes desse tema "monstro enquanto destruidor de lares" ou completamente desavisados com relação a ele. O novo Godzilla não ameaça o romance de nenhum dos personagens humanos do filme, mas, ao invés disso, descobrimos que ele só foi colocado nessa Terra com o intuito de impedir que OUTROS monstros fizessem sexo. Godzilla no século XXI é uma coisa que bloqueia seus próprios camaradas monstros.

Se seu relacionamento é capaz de sobreviver a monstros, imagino que seja bem forte, e esse, talvez mais do que qualquer outra coisa, é o motivo pelo qual nós amamos os monstros. Vamos a encontros em filmes de terror ou em casas mal-assombradas apenas para agarrarmos um ao outro e testar a habilidade de passar juntos por coisas tão assustadoras quanto vampiros. Namorar alguém que não goste de filmes de terror ou de casas mal-assombradas é legal, mas você deveria pelo menos tentar assistir a um com alguém que ame, de qualquer forma, só para ter certeza de que ambos podem sobreviver a isso. Parte do porquê de os caras babacas como John em Drácula serem tão sem graça é justamente a descrença deles na existência do além, em primeiro lugar. A ideia de que pudesse até mesmo existir um vampiro, uma outra forma de viver a vida, um outro lugar onde comprar suas calças, está simplesmente fora das possibilidades do universo mental e emocional desses personagens. E essa é a razão por que, ao assistir ao filme (ou ler o livro), nós odiamos esses personagens e queremos que eles recebam o que está vindo para eles.

Um dos mais inteligentes filmes de monstro de todos os tempos, e um dos poucos clássicos que não tem mocinhos chatos contra monstros sensuais e excitantes, é o excelente *O Lobisomem*, de 1941. Ao invés de monstro versus cara chato, ambas as coisas são feitas no mesmo personagem. Lon Chaney Jr. interpreta Larry Talbot, um cara não convencionalmente bonito que poderia ser seu vizinho, e totalmente fácil de se gostar. Logo no começo do filme, Talbot é mordido por um cigano chamado Bela, que – você nunca vai acreditar – é interpretado por BELA LUGOSI. É isso mesmo, o próprio Drácula transmite seus poderes a um novo monstro nesse filme. Isso é como quando Richard Roundtree aparece na nova versão de Shaft, em 2002, para dar ao novo Shaft, de Samuel L. Jackson, conselhos sobre como ser o personagem.

Em termos de sua fonte de material, *O Lobisomem* não tem a mesma linhagem literária do *Drácula* de 1931. Apesar de ter havido um conto de Dumas de 1857, *The Wolf Leader* [O Lobo Líder], e um conto ainda mais antigo, de 1831, *The Man-Wolf* [O Homem-Lobo], de Leitch Ritchie, nenhum deles é uma obra cânone que realmente defina como lobisomens se comportam nas futuras narrativas de lobisomem populares. Na verdade, existe apenas um romance verdadeiro da era Vitoriana sobre lobisomens, lançado um ano antes de *Drácula*, *O Lobisomem* [The Were-Wolf], de 1896, escrito pela lendária sufragista Clemence Annie Houseman. Assim como *Carmilla*, esse *O Lobisomem* pode ser visto como uma precoce obra feminista, apresentando lobisomens mulheres que devoram os homens que tentam destruí-las. Ao contrário de *Carmilla*, foi felizmente escrito por uma mulher, e influenciou autores do horror como H. P. Lovecraft provavelmente até mais do que *Drácula*.

O ano de 1933 viu a publicação do romance de Guy Endore, *A Werewolf of Paris* [Um lobisomem em Paris], e, por mais que tenha se tornado o best-seller número um daquele ano no *New York Times*, não foi de forma alguma associado aos dois primeiros filmes em preto e branco sobre lobisomens produzidos pela Universal Pictures. Antes de *O Lobisomem* de 1941, a Universal lançou um filme chamado *O Lobisomem de Londres*, o qual você pode pensar ser um *A Werewolf of Paris*, só que em Londres, mas não é. Ao invés disso, *O Lobisomem de Londres* é muito mais como uma versão de *O Médico e o Monstro*, um romance de Robert Louis Stevenson do qual você deve ter ouvido falar, que é também uma história de tema similar. A noção de dupla personalidade, de ser uma coisa em um momento e outra em seguida, é, pelo menos em muitas versões, parte do que representam as histórias de lobisomem. Com suas poções e cientistas malucos, *O Médico e o Monstro* é ficção científica genuína: e se a química, não *a magia*, pudesse transformar uma pessoa em monstro? Sir Arthur Conan Doyle brinca com a mesma ideia na história de 1922 de Sherlock Holmes *O Homem que rastejava* [The Creeping Man][16], no qual um velhote chamado Professor Presbury injeta em si mesmo testosterona de macaco, na tentativa de ficar mais jovem, mas acidentalmente só passa a agir como um primata.

Para mim, um monstro de final de semana ou de lua cheia é bastante diferente de um monstro em tempo integral como o Drácula. A maior diferença entre Dr. Jekyll, de *O Médico e o Monstro, e o lobisomem,* é que o último – como representado no Larry Talbot de Lon Channey Jr. – não pediu para ser mordido. Ao invés disso, esse tipo de monstro é uma pessoa comum que se tornou um monstro. E, por meio da mordida, a conversão do sujeito normal em monstro é compartilhada tanto pela ficção de vampiros quanto pela de lobisomens. A diferença é que lobisomens parecem conter o monstro dentro deles, o que, diferente de ter uma razão externa para que seu relacionamento não funcione, na verdade gira aquela coisa toda de monstro destruidor de lares na sua própria direção. Não é culpa do monstro que você não consiga se comprometer em um relacionamento: é sua.

16 Veja mais em "Baker Streets nas Terras Infinitas".

Larry Talbot quer ter um relacionamento bacana com Gwen em *O Lobisomem*, mas, ao contrário do King Kong, que afasta Ann Darrow de Jack, ou do Drácula fazendo lavagem cerebral em Mina para terminar com John, Larry só tem a si mesmo para culpar quando seu relacionamento não funciona. Se nos tornamos simpáticos com Larry quando ele apanha de seu pai até a morte na cena final do filme, faz sentido, mas aquilo por que estamos torcendo nesse filme é um pouco mais confuso do que em *Drácula*. *O Lobisomem* não é maneiro, nem suave. Em sua forma humana, Larry se enrola e fica constrangido ao flertar com Gwen. E, como lobisomem, ele não hipnotiza ninguém com seu charme: ele é só um lobo assustador pra cacete! E, ao contrário de Bela Lugosi, suas calças são largas e sem graça.

Lugosi nos deu monstros maneiros na década de 30 quando nos disse para ouvir as "crianças da noite", e os levou embora quando, nos anos 40, mordeu o pobre Larry Talbot. Ele mudou a ideia que tínhamos de monstros, duas vezes, em um piscar de olhos. Primeiro ele tornou os monstros arrasadores, fazendo com que torcêssemos por eles e talvez até quiséssemos ir para cama com eles. E, então, quando passou os monstros para uma outra geração, ele os transformou em nossos piores medos: pessoas absurdamente peludas que não conseguem controlar a si mesmas, nem se comprometer em um relacionamento ou tem qualquer senso de estilo. Você sabe, monstros reais.

OS SONS DA FICÇÃO CIENTÍFICA

MINHA MÃE REALMENTE NÃO ACREDITOU em mim, mas esse era o álbum que eu queria.

— Você entende o que a palavra "sinfonia" quer dizer, certo?

Eu disse que sim, mesmo que não entendesse. Gostar de ficção científica quando se tem onze anos muitas vezes significa presumir que palavras novas sejam, na verdade, só coisas de *sci-fi*. Estou certo de que assistir *Star Trek* e ler romances de ficção científica e fantasia melhorou muito meu vocabulário, mas não tenho certeza do quanto a diferença entre as palavras referentes a coisas reais e de mentira tenha ficado realmente clara algum dia. De forma rudimentar, muitas crianças aprendem as palavras "dragão", "unicórnio" ou "dinossauro" por volta da mesma época em que aprendem "cavalo", "cachorro" e "fazenda", mas compreender a diferença entre as palavras do faz-de-conta e as da vida real representa grande parte do trabalho interno de um cérebro infantil.

Se alguma vez você já leu algum romance realmente bom de universo paralelo, como *A Cidade e a Cidade* [The City and the City], de China Miéville, ou qualquer coisa de Paul Park, ou a desafiadora distopia *Laranja Mecânica*, então sabe como funciona. Você deve abrir espaços em branco para palavras que não entende. Acredito que pela forte conexão que eu tinha com o *sci-fi* quando criança, eu ainda lido com palavras desconhecidas e conceitos da mesma maneira de alguém que lê *Laranja Mecânica*, só que sem o glossário.

— Sinfonia — minha mãe disse, enxergando através de minha mentira. —, significa que não existe letra, e que essa fita só vai ter um monte de instrumentos tocando a música dos filmes.

Ela fez parecer como se eu quisesse levar uma daquelas fitas que só tinha sons de baleia tocando. Ela não entendeu. Mas eu estava aliviado, e sacudia minha cabeça pra cima e pra baixo animadamente. Ao perguntar sobre toda essa coisa de "sinfonia", ela me preocupou por um momento: talvez aquela excelente fita cassete que eu avistei no Sam Goody não fosse de fato o que eu queria. Mas era. Aquela era a trilha sonora para um mundo melhor, de aventuras. Sim. Era isso que eu queria.

A fita era *Star Trek: The Astral Symphony* [*Star Trek: A Sinfonia Astral*], um lançamento de 1991 que era uma coletânea de melhores hits dos primeiros cinco filmes de *Star Trek*. Como pré-adolescente, os primeiros músicos que memorizei não foram os New Kids on the Block ou os caras do Blur (que viria muito depois), mas os compositores que trabalharam nos filmes de *Star Trek*. Jerry Goldsmith, James Horner e Leonard Rosenman foram na verdade os únicos três compositores nessa coletânea em particular, uma vez que Cliff Eidelman era recente demais. Ele só fez a música para o sexto filme de *Star Trek*, e eu teria de comprar essa como uma fita separada, quando economizasse grana suficiente – o que aconteceu quase seis meses depois. Em contraste com as anteriores e ensolaradas faixas dos primeiros filmes, as composições de Eidelman para *A Terra Desconhecida* [The Undiscovered Country] são muito sombrias, tanto que eu acreditava de todo coração que eram do mesmo compositor da trilha sonora do *Batman* de 1989. Estava errado quanto a isso, claro, uma vez que essa trilha foi composta por Danny Elfman, que continuou compondo para vários filmes que você provavelmente curte, enquanto o currículo de Eidelman consiste, em sua maior parte, desse filme de *Star Trek* e *Free Willy 3: O Resgate*[17].

Se a ficção científica na TV consegue impedir que uma criança goste de dramas baratos, e romances de *sci-fi* podem tornar difícil para essa mesma criança começar a curtir realismo literário, então imagine a quantidade de má-nutrição cultural que ela pode ter quando tem *Star Trek: The Astral Symphony* como seu primeiro álbum. Uma vez que tinha essa fita em meu Walkman, eu nunca, nunca, nunca mais tive que abandonar um certo grau de aventura. A única coisa melhor que assistir *Star Trek* era escutá-lo.

Como qualquer álbum de melhores hits, esse não era destinado ao fã de verdade. Como adulto, sou louco por Beatles e absolutamente detesto e ideia das coletâneas Vermelha e Azul, já que elas bagunçam com a arriscada progressão dos álbuns dos Beatles ao somente fornecer as músicas seguras e populares. Similarmente, pouco mais de um ano depois de tocar minha fita de *Star Trek* até começar a estragar, caiu a ficha pra mim de que era apenas uma amostra esquisita do que aquela música realmente seria, e então eu comecei a ler e comprar mais fitas cassete. A fanfarra de abertura de *Star Trek V*, chamada "Life is a dream", descobri ser o mesmo tema de abertura que Jerry Goldsmith compôs para *Star Trek: O Filme*. Esse tema duh-dunt-dah-dunt-dah foi posteriormente trabalhado novamente para *Star Trek: A*

---

17 Nunca vi esse filme, mas acredito que Willy tenha sido "des-resgatado" em algum momento entre *Free Willy* 1 e 2. Também amo o fato de que um cara que fez música para um excelente filme de *Star Trek* depois tenha precisado trabalhar com música pré-existente escrita pelo Michael Jackson.

Nova Geração e, ao lado do tema ah-awww-ah-ah-ah-at-aww de Alexander Courage para a clássica série de TV, essa ainda é a peça musical mais associada a tudo referente a *Star Trek*. Eu também argumentaria que, ao lado do tema principal de *Star Wars*, "Life is a Dream", de Jerry Goldsmith é o segundo tema mais reconhecido de *sci-fi* de todos os tempos[18].

Algum tempo depois de 1992, eu arrematei outra coletânea de melhores hits – dessa vez toda de temas de John Williams –, contendo seleções não só de *Star Wars*, mas também de *Contatos Imediatos de Terceiro Grau* e do excelente *E.T.* Quando falamos de grandes temas de *sci-fi* e fantasia, é impossível não compreender o domínio de John Williams. Como adulto, me preocupo que exista um fundo intencional e cínico nisso: a música de John Williams é usada por George Lucas e Spielberg *ao invés* de trabalharem no desenvolvimento de seus personagens, e, quando você tira isso, vários dos momentos mais memoráveis dos filmes começam a perder a graça. Como um blogueiro de *sci-fi*, vi isso milhões de vezes: alguém posta um vídeo da cena final de *E.T.* ou *Star Wars* sem a música de John Williams, e isso é sempre apresentado como um grande momento "te peguei", quando você descobre que a música estava te manipulando a gostar de algo que era estúpido. Mas, enquanto criança, isso simplesmente não é verdade. A música não substitui a história, ou qualquer tipo de truque barato. Não, é mais como um ingrediente, um tempero que certamente funciona sozinho. Existem elementos de *Star Wars* que seriam bobos se isola-

---

18 Jerry também escreveu a música-tema para o quarto programa de televisão da franquia, *Star Trek: Voyager*, que é secretamente minha música favorita de *Star Trek*.

dos do contexto, como assistir Mark Hammil sendo atingido por pedaços aleatórios de isopor. Mas a trilha sonora não é assim: é parte de um processo pós-produção, mas também está apta a existir em sua própria dimensão, removida da narrativa visual.

A música de *Star Wars* meio que fala por si mesma, mas o mais importante dos temas de John Williams para meu pequeno eu era *E.T.* Tenho um fraco imenso por esse filme, desde que meus pais me levaram para assisti-lo em um drive-in quando eu tinha pouco mais de um ano de idade e ainda usava assento de bebê no carro. Não estou dizendo que me lembre na verdade dessa exibição em particular, mas não acho que tenha sido coincidência devotar tanto de minha vida profissional à ficção científica depois do primeiro filme que assisti ser sobre um garotinho andando por aí com um amigo alienígena. Minha mãe também me conta frequentemente que queria me dar o nome de Elliott por causa do personagem do filme, o que é obviamente uma daquelas doces mentirinhas de mãe que não fazem o menor sentido – já que o filme obviamente saiu depois do meu nascimento. Ainda assim, se você encontrar um sujeito de trinta e poucos anos atravessando o Brooklyn em um agasalho vermelho igual ao do personagem, murmurando pra si mesmo, existe uma grande chance de que seja eu[19].

O que torna a música de *E.T.* tão incrível para uma criança pequena são aquelas notas na fanfarra tocada quando as crianças estão andando em suas bicicletas e o

19 Existe também uma chance de que seja um dos cinco milhões de outras pessoas que vivem no Brooklyn (ou em Portland) que têm o mesmo agasallho pelo mesmíssimo motivo.

E.T. conjura seu conveniente feitiço das bicicletas voadoras. Minhas melhores e mais fortes memórias de infância são de escutar trilhas instrumentais, fosse ao fazer alguma coisa qualquer como cortar grama ou algo heroico como pilotar uma bicicleta. Quando essa canção toca, eu sempre, sempre, sempre, sem exceção, imagino minha bicicleta voando. Eu poderia ter sido o Elliott, mas *E.T.* também inclui todos os outros tipos de criança. Minhas outras fitas, *Star Trek: The Astral Symphony* e *Great Sci-Fi TV Hits: Featuring Buck Rogers* [Grandes Hits de TV *Sci-Fi* com Buck Rogers], podem ter me permitido imaginar minha bicicleta como um veículo espacial ou de luta na defesa pela Terra, mas com o tema de *E.T.*, a bicicleta era somente uma bicicleta. A trilha de Williams para esse filme não é nem de longe sua melhor, e eu iria ainda mais longe ao dizer que é a mais genérica delas, mas essa também é a razão para ser tão boa. Se você se lembrar dos temas dos filmes de TV não tão famosos dos anos 80, como *O Último Guerreiro das Estrelas* [*The Last Startfighter*] (composta por Craig Safan), ou *Mestres do Universo* (composta por Bill Conti), vai perceber que elas quase saem de seus trilhos para soar exatamente como *E.T.* Além disso, Williams parece ter plagiado a si mesmo quando fez a trilha para o primeiro filme de *Harry Potter*. Sim, "Hedwig's Theme" e "Harry's Wondrous World" são um pouco mais assustadoras do que as notas de "Chase/Escape", de *E.T.*, mas, se nunca tivesse visto *Harry Potter* e apenas ouvido sua trilha, presumiria se tratar de outro filme sobre Elliott[20].

20 Existe algo a respeito do tema de Anakin da segunda trilogia de *Star Wars* que também me faz lembrar de Elliot, mas talvez seja só porque os alienígenas de E.T. estejam naquela grande cena do Senado em *A Ameaça Fantasma*, que tecnicamente faz com que os dois filmes

*

O personagem Kilgore Trout, autor de ficção científica, de Kurt Vonnegut, tem diversas características engraçadas e trágicas, mas a mais reveladora delas todas está em *Café-da-Manhã dos Campeões*, em que Vonnegut menciona: "Como a maior parte dos autores de ficção científica, Kilgore Trout não sabia nada sobre ciência". Mesmo que isso seria um imenso insulto para um bocado de pessoas, tanto vivas quanto mortas, acredito que isso explique a relação de um entusiasta de trilhas sonoras desse gênero de filmes com a música clássica. Nós não sabemos nada sobre música clássica. Pensava estar totalmente sozinho nessa até, alguns anos depois, com diversos álbuns de trilhas de *sci-fi* e fantasia sob o braço, conhecer alguém que sabia mais sobre elas do que eu. E tudo isso porque eu decidi escrever uma peça.

Eu estava na faculdade e meio que envolvido com teatro na Universidade Estadual do Arizona. Agora, não há razões para acreditar que eu pudesse estar de fato envolvido com toda essa coisa se não tivesse sido pelo meu amigo, um cara que era e ainda é um verdadeiro dramaturgo que atende pelo nome de George. Ele me desafiou a criar uma ideia para uma peça que poderíamos escrever juntos, e, sabendo o quanto eu falava de ficção científica, ele me propôs escrever uma peça que seria como "um pornô *sci-fi*". Eu disse que tudo bem pra mim, mas ele estipulou, ainda: "O sexo constante precisa advir de um motivo legítimo de ficção científica.

---

no mesmo universo fictício. Já vi pessoas reclamando a respeito disso antes, mas e daí? Se o E.T. pode viver em *Star Wars*, o que impediria o inverso de acontecer: um filme de *Star Wars* acontecendo na Terra contemporânea?

Você precisa cumprir isso". Eu tinha em torno de vinte anos e aceitei o desafio no ato. Disse a ele que tinha de trabalhar em uma ideia que apresentaria "uma razão realista para sexo constante em uma narrativa de ficção científica" pela manhã seguinte. Obviamente minha primeira ideia era disfarçar o enredo de *Barbarella*, mas rapidamente percebi que, por maior que fosse o efeito causado em mim pela promiscuidade de Barbarella (e na cultura em geral), o sexo não era exatamente tão bem racionalizado na história em si. Ao invés disso, criei Buck Falcon, mais conhecido entre seus amigos como o playboy interdimensional "Fodedor do Tempo".

George adorou a ideia e escrevemos o roteiro para a peça de dez minutos de duração – *As Crônicas do Fodedor do Tempo* – alguns dias mais tarde, provavelmente enquanto bebíamos um bocado de Boone's Farm ou vinho de garrafão, ou o que quer que você beba quando é realmente jovem e extremamente orgulhoso de si mesmo sem motivo. O brilhante conceito de *sci-fi* que dei ao motivo pelo qual o Fodedor do Tempo precisava "foder" tanto – e em múltiplos períodos de tempo – é porque ele descobre, através de um vidente, que sua árvore genealógica é resultado de uma porção de viagens no tempo fazendo sexo por aí, mas que se ele não terminasse se tornando seu próprio ancestral, deixaria de existir. Então o homem que diz isso a ele é brutalmente assassinado (naturalmente), exatamente antes de contar ao Fodedor do Tempo a qual intervalo de tempo específico ele precisa ir para evitar esse paradoxo. Então, como uma versão tarada de Sam, de *A Máquina do Destino* [Quantum Leap], o Fodedor do Tempo precisava viajar no tempo e foder com qualquer pessoa. A peça é ao mesmo tempo incrível e incrivelmente horrorosa, e mesmo que mais tarde eu tenha percebido que inconscientemente roubei a maior parte da estrutura de enredo de

Fodedor do Tempo do conto *Um Estranho numa Terra Estranha* [All you zombies], de Robert A. Heinlein, ainda me preocupo de que aquela possa ter sido a ideia mais original que já tive.

Quando chegou na hora de produzir a coisa, eu coloquei meu nome fora da lista de membros em potencial do elenco, citando o fato de que sou um ator ruim, e de que também seria a pessoa errada para o Fodedor do Tempo[21]. George já tinha escalado a si mesmo como o vidente, e estava insistindo na ideia de que precisava escalar alguém alto, magro e desinteressante para o papel do Fodedor do Tempo. Olhando pra trás, isso era totalmente genial, porque se tivéssemos escalado um saradão para o papel, a coisa toda teria ficado bizarra. Então, de repente estávamos cara-a-cara com um esse sujeito chamado Dave, altíssimo, bem magro, com um peito côncavo e um cabelo cacheado que parecia de mentira. Seu controle corporal para andar como um completo idiota era surpreendente, e ele chegou a dizer que tinha desenhado sua própria fantasia de Fodedor do Tempo, o que pra mim estava bem, contanto que fosse toda prateada.

Dave também tinha outras opiniões, e essas opiniões estavam ligadas a que tipo de música tocaria no início da peça. Estávamos fazendo a estreia de *Fodedor do Tempo* em uma noite comunitária de teatro, que na verdade era apenas um glorioso microfone aberto no campus. Nós íamos definitivamente fazer todo mundo surtar com uma peça completamente original de dez minutos, com figurino feito

---

21 Acabei ficando com uma fala ou duas como o chefe do Fodedor do Tempo, um presonagem com tapa-olho chamado Conrad, que tenho certeza de que tirei dos antigos desenhos do *Homem-Pássaro.*

em casa e atores que nem mesmo estavam matriculados na faculdade. A maior parte das outras encenações naquela noite foram apenas pessoas segurando roteiros enquanto sentavam e olhavam para o chão. *Fodedor do Tempo*, por decisão de Dave e George, causaria impacto, e isso significava que precisávamos encontrar algum tema engraçado para a abertura. Foi quando descobri uma alma-irmã em Dave. Ele era obcecado por trilhas sonoras. Se você falasse um filme de super-herói que ninguém gosta – *Supergirl*[22], por exemplo – ele era capaz de dizer o compositor em um segundo. Eu fiquei chocado ao aprender com o Dave que Jerry Goldsmith tinha composto *Supergirl*. Dave estava muito familiarizado com o trabalho de todos os meus outros compositores de *Star Trek* também, e foi a pessoa que me educou a respeito de todas as outras trilhas maravilhosas que Dany Elfman havia feito depois do *Batman* de Tim Burton. Isso não significava que ele tivesse assistido a todos esses filmes, e isso fez dele um bizarro espelho maligno, para mim. Ele estava interpretando o herói-título da minha peça, um cara chamado "Fodedor do Tempo", e estava interessado nas mesmas coisas que eu, mas por razões completamente diferentes. O envolvimento de Dave com *Fodedor do Tempo*, e, especialmente, com a escolha das músicas, ganhou bizarras camadas. E, se você alguma vez leu *O Lobo da Estepe*, de Hermann Hesse, ou assistiu a algum filme de David Lynch, sabe como é isso: a qualquer momento você espera acordar no corpo de outra pessoa, pensando que sua vida inteira não passou de um sonho, e, na verdade, você era essa outra pessoa o tempo todo. Tenho de dizer que não enxergava Dave como uma versão

---

22 Diferente de *Barbarella, Supergirl* é um filme que as pessoas acham um horror, e estão completamente certas.

mais obscura e especificamente esquisita de mim, mas era exatamente isso que parecia. Nós dois concordávamos que as trompas deixavam qualquer trilha sonora mais elegante, e que não havia quase nenhuma maneira de uma trilha sonora usar um saxofone corretamente. Havia vergonha envolvida nessas conversas, mas em níveis diferentes.

E, ao mesmo tempo, todas as sugestões de Dave para a abertura de *Fodedor do Tempo* pareciam erradas, e isso porque ele não fazia ideia do que a música abrangia. Nenhum de nós sabia nada sobre música clássica, mas Dave sugeria coisas de acordo com como elas *soavam*. Em todos os aspectos, ele era um grande amante de música – especificamente desse tipo de música – muito mais do que eu poderia ser. Mas gostar da trilha sonora de seu filme ou programa de televisão favorito é algo que eu não acho que as pessoas vejam fora do contexto, ou mesmo sem ter assistido a dado programa. Nem todas as trilhas de *sci-fi* eram como as de John Williams, que se sustentavam sozinhas e contavam uma história. Algumas só seriam apreciadas se você soubesse que existiam trajes especiais bege bem feios associados a cada nota ou, no caso de *Supergirl*, uma substância negra que infecta sua música animada.

Ocasionalmente conheço pessoas que provam que esta regra está errada, como Dave que, na verdade, apenas ama esse tipo de música. Mas, em sua maioria, os fãs idiotas se conectam e amam a música vinda daquilo pelo qual se interessam porque estão interessados na coisa em si. Não significa que temas musicais sejam inerentemente vazios ou desprovidos de significado ou poder por si sós. Uma de nossas mais famosas obras musicais – "Carruagens de fogo" – foi composta por Vangelis para o drama homônimo. Eu seria capaz de murmurar essa música agora mesmo, e tenho certeza de que você também, mas você saberia dizer que trilha sonora Vangelis compôs depois de *Carruagens de Fogo*? É isso mesmo: *Blade Runner: O Caçador de Androides*, o clássico da ficção científica de 1982, dirigido por Ridley "Alien" Scott e estrelando Harrison Ford. Eu amo a trilha de *Blade Runner*, e acredito que sua peculiaridade etérea seja parte do que torna o filme tão bom, da mesma forma que a música de John Williams faz com que *Star Wars* ou *Jurassic Park* funcionem tão bem. Obviamente Vangelis não é uma piada, assim como John Williams também não, e, indo mais adiante, Murray Gold (que atualmente escreve a trilha de *Doctor Who*) também não, ou Bear McCreary, que nos deu tambores fantásticos (e um cover de Jimi Hendrix) ao contemporâneo *Battlestar Gallactica*. Existe uma arte inerente a esse tipo de coisa e, como evidenciado no amor do meu amigo Dave por praticamente todas as trilhas sonoras já compostas, ela pode ser apreciada por si só.

Mesmo assim, na hora de escolher a música de abertura para *Fodedor do Tempo*, fiquei feliz por conhecer todas aquelas canções de filmes *sci-fi* antigos. Porque, quando eu escolhi o tema de *Space: 1999* (escrito por Barry Gray) como nossa fanfarra de abertura de *Fodedor do Tempo*, sabia que todos iam amar! Uma série muitas vezes esquecida dos anos 70, *Space: 1999* é totalmente sobre o que acontece com as pessoas que vivem na Lua quando a Lua é lançada fora de sua órbita e começa a voar pelo espaço sozinha. E como você cria a trilha para uma história assim? Fácil: começa como uma fanfarra comum de *sci-fi* com metais pesados, e então cai em uma batida pornô *funky*. Eu era a única pessoa associada à produção de *Fodedor do Tempo* que sabia o nome dos personagens de *Space: 1999*, mas pelo menos o Fodedor do Tempo em si sabia o nome do compositor.

*

Quando escuto *E.T.*, ainda quero voar, ao mesmo tempo em que a maioria das músicas de *Star Trek* que eu coloco apenas me fazem sentir seguro com a nostalgia da infância. Mas, se alguma vez eu escutar o tema de *Space: 1999*, estranhamente só consigo lembrar de minha própria peça de faculdade, terrivelmente constrangedora, e que, na época, descobri uma versão bizarra de mim mesmo vivendo em minha própria cidade natal.

BAKER STREETS NAS TERRAS INFINITAS: SHERLOCK HOLMES COMO O ETERNO HERÓI DA FICÇÃO

AS PESSOAS NASCIDAS NOS ANOS 80 que afirmam ter gostado de música boa enquanto crianças se engrandecem com isso. Aqueles de nós que tinham oito anos em 1989 podem tentar dizer que gostávamos das coisas boas dos anos 80 (como The Smiths), mas, na verdade, nós dançávamos pra caramba ouvindo Paula Abdul, New Kids on the Block ou a música-tema dos programas de TV que curtíamos. E, quando se trata de meu conhecimento acerca da literatura vitoriana – especificamente *Sherlock Holmes* – eu também não cresci lendo Sir Arthur Conan Doyle, e, se alguma vez eu disse isso, estava mentindo. Li todos os livros de Holmes muitas vezes com vinte e poucos anos, mas passei a gostar de suas histórias através de ficção científica popular, especialmente o desenho *Os Verdadeiros Caça-Fantasmas* [The Real Ghostbusters][23].

Em 1989, eu ainda devia estar refletindo sobre os atos sexuais dos dinossauros quando vi o episódio "Elementar, meu caro Winston" no qual o programa continuava com sua obsessão sem fim por confundir a cabeça das crianças quanto ao significado de certas palavras, especialmente "fantasma" e, mais agressivamente, a palavra "real"[24]. Ao invés de afirmar que Sherlock Holmes era uma pessoa real, e que seu fantasma estava assombrando uma casa em Nova York

---

23 É como aprender sobre Beatles ouvindo Oasis.

24 O desenho, que foi ao ar entre 1986 e 1991, tinha seu bizarro prefixo "real", ou "verdadeiro", por dois motivos: primeiro porque havia um desenho sem relação nenhuma com esse que alegava ser o verdadeiro. Mais bizarro ainda, no entanto, é que *Os Verdadeiros Caça-Fantasmas* na verdade constrói uma realidade metafísica ao redor do filme *Os*

nos dias de hoje, o programa decidiu que os fantasmas de Sherlock Holmes e Watson na verdade brotaram em existência devido ao grande número de pessoas que acreditavam neles. Isso significa que um personagem fictício poderia ter um fantasma, da mesma forma que as fadas existem em *Peter Pan* através da popularidade desses seres encantados. Isso acabou se tornando conveniente para os caça-fantasma porque, quando o fantasma do maligno Professor Moriarty apareceu, deu a eles alguma coisa para fazer.

Dificilmente o melhor tributo de ficção científica ao grande detetive Sherlock Holmes, essa ainda sim foi minha primeira exposição a ele e, a partir daquele momento, eu dei lugar a Holmes no meu panteão de heróis *sci-fi*, do lado do Batman e do Sr. Spock. Quando eu cresci, descobri que não estava errado. Exatamente como aquelas pessoas no episódio aleatório de *Os Verdadeiros Caça-Fantasma*, a duradoura crença em Sherlock Holmes é apenas uma parte do mistério de sua inegável conexão e inspiração para com a ficção científica.

A relação da ficção científica com Sherlock Holmes pode ser contemporaneamente óbvia para qualquer um que esteja familiarizado com a fixação da internet com aqueles GIFs em movimento das maçãs do rosto de Benedict Cumberbatch. A brilhante adaptação da BBC do famoso detetive – *Sherlock* – é coescrita por Steven Moffat que (enquan-

---

Caça-Fantasmas, de 1984, no episódio "Tomada Dois", que revela que o filme estrelando Bill Murray e companhia é, na verdade, baseado nos verdadeiros caça-fantasmas do desenho. Coincidência ou não, esse hiato de realidade entre dois tipos de ficção é muito semelhante ao fato de que Watson publica histórias sobre Sherlock Holmes na realidade das histórias de *Sherlock Holmes*. Pensando em tudo isso, toda a história de Sherlock Holmes poderia ser chamada de "O Verdadeiro Sherlock Holmes".

to estou escrevendo) também comanda *Doctor Who*. Eu costumava amar tanto isso que tinha uma foto gigante de Cumberbatch e Matt Smith (de *Doctor Who*) abraçando Steven Moffat como meu protetor de tela do computador por bons seis meses, em 2011. Fãs de ambos os shows ficavam salivando por um *crossover* entre o Senhor do Tempo do planeta Gallifrey e o Sherlock de Cumberbatch desde 2010, mas as conexões entre o protagonista de *Doctor Who* e Holmes remetem de volta à origem do primeiro, em 1963. O Doutor é um renegado Senhor do Tempo, enquanto Sherlock é um detetive amador. Ambos são heróis que rejeitam as regras nos campos em que atuam - Holmes nos crimes, o Doutor no espaço-tempo - e nenhum dos dois tem muito respeito por simpatia social. Além disso, diferente do outro herói inglês pretensamente literário, James Bond, nem Holmes, nem o Doutor estão tão interessados assim em levar alguém pra cama. No Panteão dos super-heróis em geral, Sherlock Holmes pode não ser o único em seu comportamento assexuado e de pouca violência, mas ele foi um dos primeiros - senão o primeiro -, arquétipo do cara inteligente e geek ganhando o dia em uma aventura pop seguida da outra. Ainda assim, só porque Holmes é um crânio e quase assexuado, isso não garante a ele de uma hora para a outra a habilidade de viajar no tempo e no espaço.

O literário, original e brilhante Sherlock encontrado nas páginas dos cinquenta e seis contos e quatro romances de Conan Doyle nos é inicialmente apresentado como um ignorante acerca da primeira coisa que você certamente relaciona a ficção científica: o espaço sideral. O Sherlock Holmes "verdadeiro" não sabe nada sobre astronomia, planetas e astros e, em sua primeira aparição dentre todas (no romance *Um Estudo em Vermelho*), ele questiona Watson sobre o assunto: "E que diabos isso tem a ver comigo? Você me diz que giramos em torno do Sol. Pois, se girássemos ao redor da Lua, não faria a diferença digna de um centavo no meu trabalho". Holmes associa sua mente a um sótão que ele só pode preencher com o tipo certo de móveis, necessários à sua habitação. A personificação de Cumberbatch do detetive atualizou essa imagem para o século XXI, dizendo "Esse é o meu disco rígido", indicando que seu palácio mental tem limites de informações. Mesmo que Holmes tirasse um zero em astronomia, suas conexões com a ficção científica não são por acaso. Quando você decifra isso, a mensagem *sci-fi* de Holmes está em seus métodos.

Dos anos de 1887 a 1927, Holmes morre e retorna, encara uma variedade de criminosos, armações e mistérios e também se torna um incômodo para o Inspetor Lestrade e para o restante da Scotland Yard. Mas, talvez, sua contribuição mais relevante para a ficção científica seja a invenção de algo que Holmes chama de "ciência da dedução".

Holmes acredita que qualquer mistério possa ser abordado e ter sua solução deduzida cientificamente, reunindo as informações necessárias e tirando conclusões baseadas na lógica e na razão. Nas histórias de Doyle, a ciência da dedução geralmente funciona, e serve de premissa básica para praticamente todas as aventuras de Holmes. Ao invés de criar um detetive que chega às respostas através da intuição ou chute, o autor criou uma premissa diferente para as histórias de seu detetive – e se ele descobrisse as respostas cientificamente? Que tipo de aventuras ele teria? Olhando por esse ângulo semântico, o cânone original de *Sherlock Holmes* já é ficção científica, sendo ciência usada ficcionalmente.

Lindsay Faye – expert em Holmes e autora da coletânea *Dust and Shadow* [Poeira e Sombra], membro de numerosas organizações Holmes (principalmente "Os irregulares de Baker Street" e "As aventureiras de Sherlock Holmes"), explica: "Sherlock Holmes e a ficção científica sempre estiveram atados um ao outro, porque Doyle estava escrevendo sobre o que havia de mais moderno na ciência forense. Por exemplo: Holmes está aperfeiçoando o primeiro teste de sangue infalível no mundo quando Watson o conhece".

Anda sim, a ciência pesada do Sherlock Holmes tradicional nem sempre contraria os laboratórios forenses atuais, da mesma forma que o Sherlock do século XXI de Cumberbatch tenta acelerar isso para os dias de hoje. E é por isso que existem ocasionalmente problemas com a metodologia. De acordo com Zachary Pirtle, analista de programação da NASA, "a ciência de verdade ainda não funciona da maneira estritamente dedutiva que Holmes descreve. Para as melhores perguntas científicas não existe uma resposta direta, e muito do trabalho duro consiste em simplesmente tentar imaginar outras possibilidades". E, mesmo assim, Holmes continua constantemente afirmando sua crença no improvável, indicando que sua imaginação vai além de suas ferramentas intelectuais. Em *A Aventura dos Planos de Bruce-Partington*, Holmes – sem nenhuma evidência – concebe a fantástica percepção de um corpo sendo colocado no teto de um trem em movimento. Na adaptação da Granada Television dessa mesma história, depois da hipótese se provar correta, o detetive (interpretado pelo saudoso Jeremy Brett) grita amplamente "Imaginação, Watson! Imaginação!". Então, ao mesmo tempo que Sherlock Holmes é um computador ambulante, cheio de lógica e razão, também valoriza a imaginação da mesma forma que um escritor de *sci-fi*. O vencedor do Prêmio Hugo por cinco vezes Mike Resnick afirma que Sherlock Holmes tem apelo aos fãs e, especialmente, aos escritores de ficção científica porque "é mais cerebral do que físico. E ele superou o que parece ser uma má aceitação social, que posteriormente define vários escritores, muitos dos quais escolheram sua profissão por isso".

Nesse ponto, temos que falar sobre *Star Trek* e, especificamente, sobre o Sr. Spock. A falta de emoção de Spock e sua habilidade de ir a fundo em vários mistérios do espaço sideral certamente fazem dele o Sherlock Holmes do futuro. Mas não foi até o fim dos anos 60 que os filmes de *Star Trek* começaram a deixar essa conexão com *Sherlock Holmes* realmente clara. Todos sabem que o melhor filme de *Star Trek* é *A Ira de Khan*, de 1982, escrito e dirigido por Nicholas Meyer[25]. Mas você pode não saber que Nicholas Meyer também é o autor de três excelentes histórias de Sherlock Holmes: *Uma Solução Sete por Cento*, *O Famigerado Treinador de Canários* e *The West End Horror* [O Horror da Fronteira Oeste]. Alguns anos atrás, conversei com Meyer longamente sobre Sherlock Holmes, e ele disse "Porque as histórias de Holmes lidam com química e ciência, estão a um pulo da ficção científica de verdade". E ele saberia, já que colocou um diálogo real de Sherlock Holmes na boca do Sr. Spock em seu outro filme, *Star Trek VI: A Terra Desconhecida*. Quando, diante de um enigma intergaláctico, Spock cita Holmes: "Um ancestral meu sustentava que, quando se elimina o impossível, o que

25 Conhecidamente, Meyer não recebeu nenhum crédito pelo roteiro de *Star Trek II: A Ira de Khan*, e isso porque ele se ofereceu para reescrever um roteiro bagunçado em um período de tempo que tornou impossível negociar os direitos com o sindicato. Meyer não ligou por não levar os créditos: ele só queria escrever um roteiro que pudesse dirigir. Não cometa nenhum erro, esse filme é filho dele por completo.

resta, embora improvável, deve ser a verdade". Meyer afirma que a conexão entre Holmes e Spock era óbvia para todos. "Eu só meio que o tornei oficial". Mas é mais do que apenas uma conexão. Em seu filme de *Star Trek* de 1991, Meyer tem Spock sugerindo que Sherlock Holmes possa ser seu tatatatatataravô. E, quando implorei a Meyer para me dizer quem era a tatatatatatataravó de Spock, ele me disse que era "Irene Adler, claro"[26].

O que é engraçado nessa ideia é que coloca *Star Trek* no mesmo universo fictício de *Sherlock Holmes*, o que é uma espécie de variação do que os fãs de Holmes vêm fazendo por quase um século – fazer o jogo em que todos fingem que Sherlock Holmes foi uma pessoa real, e que Arthur Conan Doyle foi apenas o agente literário do Dr. John Watson. Esse jogo têm acontecido desde a fundação d'Os Irregulares de Baker Street, a mais antiga organização de fãs no mundo e, de certa forma, a Comic-Con original. Desde 1934 (e provavelmente antes), "jogo" é uma palavra raramente mencionada, mas simplesmente feita para ser a forma padrão de explorar o universo de Sherlock.

Nicholas Meyer levou essa antiga pegadinha tão a sério que, quando publicou sua primeira história de Holmes, *Uma*

---

26 Irene Adler era uma chantagista do conto de Doyle *Um Escândalo na Boêmia*. Ela é frequentemente o interesse romântico de Holmes nas adaptações. Foi personificada por Charlotte Rampling em *Sherlock Holmes em Nova York* de 1976, e por Gayle Hunnicut em *Um escândalo na Boêmia*, de 1984. Mais recentemente, vemos Rachel McAdams interpretar Adler nos dois filmes da franquia, estrelando Robert Downey Jr. Lara Pulver a interpretou em *Sherlock*, e Natalia Dormer em *Elementary*, no qual Irene Adler ainda tem outra identidade secreta. Imagine a atriz que quiser como ancestral de Spock.

Solução Sete por Cento, em 1976, a folha de rosto diz "Por John H. Watson, M.D, editado por Nicholas Meyer". Em 2002, eu mesmo li esse romance depois de escolhê-lo em um sebo, e fiquei completamente perplexo com a pretensa autoria. Sempre tinha achado que Watson era um personagem fictício! O que é isso? Ele é real?

A internet em 2002 não era abastecida com essa informação toda que é hoje, e mesmo que você lesse a edição excelentemente revisada por Leslie Klinger em 2003 de *The Complete Annotated Sherlock Holmes* [Sherlock Holmes: Edição Definitiva e Comentada], as notas de rodapé serão parcialmente surreais se você não pegou o comentário dele no começo, quando pisca pra você referenciando a "gentil ficção" do jogo, além de lembrar todo o tempo de que esses três volumes de livros gigantes têm pesquisa calcada na essência do grande e velho jogo do faz-de-conta. Exatamente como naquele episódio de *Os Verdadeiros Caça-Fantasmas*, todos amam fingir que Sherlock Holmes esteve vivo de um maneira ou outra. Mesmo que seja no futuro do pretérito de *Star Trek*.

Infelizmente, se você levar *Star Trek: A Nova Geração* como parte do mesmo Cânone do clássico *Star Trek*, então Holmes volta a ser um personagem fictício. Em dois memoráveis episódios de *A Nova Geração*, o androide Sr. Data personifica Sherlock Holmes, destruindo por acaso a teoria de que *Star Trek* e *Sherlock Holmes* ocupem o mesmo universo fictício e sejam governados pelo mesmo Deus fictício. É, de certa forma, uma pena. Mas, se pensarmos nos flertes de *Star Trek* com a tentativa de resumir Holmes como seu próprio cânone, uma ideia ainda mais convincente e ligeiramente assustadora emerge: o mundo não pode existir sem Sherlock Holmes. Qualquer concepção da realidade sem Holmes tem que ser ficção científica, especificamente. E, se isso acontece na TV, é sempre, paradoxalmente, em programas com Sherlock Holmes.

Tome *Sherlock*, estrelando Cumberbatch. Com certeza é um programa de ficção científica, já que se passa em uma *dimensão alternativa*, em que Sherlock Holmes não é um personagem literário famoso e ninguém no século XXI ouviu falar dele. O mesmo acontece em *Elementary*. Que tipo de planeta Terra é aquele? Não o do século no qual eu vivo. Na verdade, você poderia presumir que o crime desses séculos XXI alternativos é muito mais violento do que o da nossa dimensão. Sem a heroica inspiração de Holmes no fim dos idos de 1800 – seja como personagem fictício ou como pessoa real – qualquer dimensão no planeta Terra irá sofrer com um futuro mais sombrio. Nicholas Meyer descreve as histórias originais de Holmes como "uma religião secular" porque, através delas, "o mundo pode ser compreendido". Ao mesmo tempo em que concordo com ele, na verdade não importa o que eu ou Nicholas Meyer pensamos, porque a prova disso está no zeitgeist em si. Mesmo quando você tem um programa de TV de hospital como *House*, algum tipo de pretenso Holmes aparece. Ele está em todos os lugares! Sherlock Holmes está tão bizarramente encrustado em nossa programação cultural que faz você se perguntar se alguma espécie de criador divino científico não o colocou lá. Se o Sherlock do Cumberbatch morresse, ele imediatamente voltaria à vida. Não, espera. Isso já aconteceu. Até mesmo Conan Doyle tentou matar Holmes na história original *O Problema Final*, e o universo não permitiu[27]. Poderia ser mágica mantendo Holmes vivo, ou poderia ser ficção científica.

---

27 Isso é um pouco como Harry Potter. É minha crença de que J. K. Rowling será forçada a escrever outro romance de Harry Potter para o universo ou para o mesmo Deus que mantém Holmes vivo.

Ao longo dos anos, autores de ficção científica têm se deleitado tentando achar maneiras de Holmes se manter ainda mais imortal, literalmente. Em *Holmes Ex Machina,* de Susan Casper, o detetive é reconstruído como um programa holográfico de computador, e ajuda a resolver um pequeno mistério relacionado ao desaparecimento de uma caixa de filmes. Em *Moriarty by Modem*, de Jack Nimersheim, outro complexo programa de computador é criado para emular os padrões de pensamento e teorias de Holmes, mas, infelizmente, um vírus chamado "Moriarty" é criado acidentalmente e solto em uma versão bonitinha de *Cyberspace* dos anos 90, que se parece um pouco com *Tron* sem Jeff Bridges (e ainda, sem o charme).

Mais uma prova de que alguma versão de Holmes e Watson é uma chaveta mantendo todo o universo amarrado aparece no conto de Neil Gaiman *Um Estudo em Esmeralda*. Como Meyer fazendo uma mistura de Holmes com *Star Trek*, Gaiman mistura um pouco de Lovecratf ao imaginar uma Londres vitoriana governada pelo infame e multitentacular Cthulhu. Aqui, existem numerosos Cthulhu, e um deles, um príncipe, foi assassinado. Como no enredo de *Um Estudo em Vermelho*, dois homens - que pensamos ser Holmes e Watson - acabaram de se tornar conhecidos, perfeitos estranhos um para o outro e que são rapidamente lançados em sua aventura inaugural. Gaiman brinca com o conhecimento de seus personagens acerca da existência de realidades alternativas. "Tenho a impressão de que fomos feitos para estar juntos", um deles diz, "que nós dois lutamos

Você ouviu primeiro aqui. Ela fará isso antes que a década termine.

uma boa briga, lado a lado, no passado ou no futuro, eu não sei". A reviravolta aqui é descobrirmos que, na verdade não se trata definitivamente de Holmes e Watson, e sim do maldito Dr. Moriarty e de seu braço direito e dedo no gatilho, Coronel Sebastian Moran.

Se existe um propósito maior na ficção científica, além do entretenimento, um objetivo é geralmente o de compreender a experiência humana através de histórias hiperbólicas. A ficção científica sempre esteve equipada para lidar com problemas remotos ao enxergar a cultura e os indivíduos através das lentes da tecnologia ou dos conceitos fantásticos. Explicar a vida como a conhecemos, ou como possamos um dia vivê-la, é, certamente a missão de toda boa ficção científica. Similarmente, as histórias e o durador caráter de Holmes fornecem uma lente através da qual a experiência humana pode ser ocasionalmente deduzida ou explicada. Em um mundo não-razoável, a mais grandiosa ficção científica pode frequentemente nos trazer conforto e, ao mesmo tempo, nos confrontar com nossos maiores medos. E o impacto mais definitivo de Sherlock Holmes é o mesmo: até quando ele não existe, o fantasma de Holmes ainda é teimosamente e improvavelmente real.

A TODOS OS MCFLYS: UMA TEORIA SOBRE TUDO EM *DE VOLTA PARA O FUTURO*

ESTOU VIVENDO EM 2015, E todo mundo que conheço reclama por ainda não possuir seu skate flutuante. Porque 2015 é o ano para o qual Marty e Doc viajam em *De volta para o futuro 2*, e se tornou de forma permanente uma versão do futuro-fetiche que todos amam. Existem carros voadores, skates voadores, e caras usando duas gravatas em vez de uma. Ainda assim, o "futuro" de *De volta para o futuro* era originalmente "o presente". Não só o filme criou um futuro permanente de 2015, mas também um passado permanente (a década de 50) e presente (os anos 80). Isso é em parte porque a trilogia une todos os gêneros imagináveis.

Pense a respeito disso. É uma aventura. É um mistério. É uma comédia. É um romance. É uma comédia romântica. É, *obviamente*, ficção científica. De certa forma, é um maldito faroeste. Isso não significa que a coisa toda de *De volta para o futuro* seja perfeita, ou mesmo objetivamente boa. É só que, se precisássemos jogar alguma coisa no espaço para representar os interesses da cultura pop americana do final do século XX até agora, todos os três filmes nos explicariam - positiva e negativamente - muito melhor que quase qualquer outra coisa. Não tenho o quadro negro que Doc usa no segundo filme, então, ao invés disso, vou tentar desconstruir tudo o que você precisa saber sobre *De volta para o futuro* em (difíceis) seções fáceis de se entender. Então, precisamos entender, em primeiro lugar, porque amamos tanto o filme, antes de compreender o que ainda não compreendemos a respeito dele.

VAMOS CONVERSAR SOBRE FALSA NOSTALGIA

NO PRIMEIRO FILME, MCFLY CRIA um futuro melhor para sua família ao alterar sutilmente seu passado. No segundo, ele tenta salvar seu próprio futuro pessimista, ao consertar um presente alternativo. Finalmente, a parte três vê Marty e seu companheiro de viagens no tempo, Doc, simultaneamente abraçarem e zombarem da parte mais clichê do passado americano: o Velho Oeste. Ainda que Marty e Doc despedacem o sentido de causa e efeito por todas as suas viagens no tempo, seus valores não mudam nadinha ao longo dos filmes, e a despeito de todos os conflitos que encaram, ambos exercem o máximo de controle sobre suas próprias vidas. A ironia óbvia aqui é que, para uma série de filmes supostamente sobre momentos crucialmente decisivos na vida, as histórias não são realmente contemplativas sobre essas escolhas, já que os protagonistas vivenciam somente consequências temporárias. Em *De volta para o futuro*, se sua vida não saiu como você queria, pode ser consertada.

Assim como a audiência, Marty retém as memórias de cada uma de suas muitas contraditórias linhas do tempo, o que significa que ele pode constantemente dar um tapinha nas próprias costas por evitar catástrofes tão bem. A razão pela qual adoramos Marty McFly e Doc não é somente o fato de Michael J. Fox e Christopher Lloyd serem extremamente charmosos nesses filmes (eles obviamente são), mas porque suas aventuras combinam duas coisas que os americanos amam: achar nosso caminho e a falsa nostalgia.

Na cena final de *De volta para o futuro 3*, Doc Brown – se inclinando sobre seu maneiríssimo trem flutuante *steampunk* – diz de forma animada a Jennifer "Seu futuro ainda não foi escrito! O de ninguém foi! Seu futuro será o que quer que você faça dele!".

É tudo bastante inspirador, e eu chorei pra caramba quando criança ouvindo Doc dizer essas coisas[28]. No entanto, se Doc estava falando a verdade sobre sua vida "real", e não piscando para a câmera em nosso favor, poderia ter dito isso: "Seu *passado* também não está escrito, Jennifer! Marty e eu mudamos o passado umas seis vezes diferentes".

Como tantos fenômenos geek de destaque, é difícil falar sobre a importância cultural de *De volta para o futuro* sem cair nas especificidades nerd dos furos de sua história. Mas, diferente de *Star Wars*, em que certos problemas podem ser explicados com uma análise dentro daquele universo específico, *De volta para o futuro* só pode ser discutido entre nós mesmos (a audiência) firmemente em uma conversa, e porque tudo a respeito desses filmes é muito obviamente não-realista. Estou dizendo que acho a cultura iletrada da galáxia de *Star Wars*, um lugar onde a magia é lugar-comum, um mundo mais *realista* que o de *De volta para o futuro*? Sim, e entender isso é o primeiro passo para compreender os ouroboros dessa série de filmes.

Hill Valley, como qualquer cidade americana, é um ponto de partida fácil. É situada na Califórnia, mas não fica claro onde especificamente. Nós nunca vemos o mar, e ninguém jamais menciona cidades fora de Hill Valley. No presente al-

---

28 A quem estou tentando enganar? Choro como adulto, também. Também chorei vendo Christopher Lloyd falar na Comic-Con de Nova York, em 2012.

ternativo de *De volta para o futuro 2*, Biff faz uma menção à Suíça, sugerindo um mundo fora de Hill Valley, o que é bastante incomum na série. Você pode se perguntar por que Biff decidiu construir seu grande império nessa cidade ao invés de se mudar para Las Vegas, mas isso ignoraria uma pergunta ainda maior acerca do porquê de tantas gerações dessas famílias de personagens terem permanecido no mesmo lugar. Como Biff, Marty também é centrado lá, porque, mesmo que possua todas as demais características realistas de um adolescente[29], o personagem não tem qualquer desejo de deixar sua cidade pequena e rumar para outro lugar. Na verdade, os grandes sonhos dele no primeiro filme eram ter uma caminhonete sofisticada e, quem sabe um dia, morar na comunidade residencial de Hilldale com Jennifer (nesse ponto, Marty é o anti-Luke Skywalker).

Marty McFly e sua namorada, Jennifer Parker, têm valores suburbanos eternos, com aspirações humildes e cem por cento comuns à maioria das pessoas. É por isso que todos amam esses filmes: nada acontece fora de Hill Valley porque a experiência americana (na cabeça dos americanos), é assim. Se você cresceu nos subúrbios americanos, sabe que existem pessoas que não pensam em nada fora de sua cidade. É fácil imaginar George Saunders ou Steven Millhauser escrevendo sobre Marty e Jennifer.

A criação da falsa nostalgia em *De volta pra o futuro* começa com a aparência de Hill Valley: exatamente igual a de qualquer cidade americana que você já tenha visto na televisão. Parece familiar porque a televisão e os grandes filmes tornam as coisas familiares de maneira rápida. Então, quando começamos nossa jornada pelo passado de Hill Valley, no

29 Com exceção da bebida. Marty nunca bebe.

primeiro filme, você se sente duplamente nostálgico. Porque, mesmo que tenha acabado de ver essa cidade fictícia pela primeira vez, pode se sentir como se já a conhecesse, e tudo fica nebuloso ao ver como ela se parecia em 1955. Também não há nada de dissonante na música, mesmo na transição de 1985 para 1955, porque Huey Lewis and the News também é uma banda de pura nostalgia falsa.

Nós pensamos nos anos 80 como uma década representada por diferentes tipos de música – Clash, Blondie, Bowie, Michael Jackson – mas Huey Lewis and the News representam uma coisa própria da música dos anos 80, de ser suave e retrô de propósito, e não de uma maneira que seja remotamente maneira. Não estou dizendo que a banda não seja boa, mas simplesmente que dá a impressão de que Kenny Loggins pudesse acabar com Huey. Huey Lewis and the News são o mais seguro dentro da música segura dos anos 80 – para colocar de outra maneira, a versão americana de Coldplay em 1985[30]. Nos dias de hoje, a nostalgia por Huey Lewis and the News só tem crescido, e isso porque existe uma linha quase invisível entre a arte pop sendo atemporal e o benefício obtido a partir da falsa nostalgia. Uma vez que todos, hoje em dia, são obcecados pela arte pop que surgiu após a Segunda Guerra Mundial, os anos 50 sempre parecerão bonitos nos filmes, e *De volta para o futuro* se beneficia disso ao criar anacronismos bizarros. Por exemplo, ver a cueca Calvin Klein roxa de Marty choca a sensibilidade dos anos 50 de Lorraine, e isso é uma piada para a audiência de 1985 – que fica ainda mais engraçada nessa versão de 1955, e seus anacronismos só continuam a ir mais e mais longe dentro do passado. Não só Marty tem a cueca Calvin Klein, mas ele se

30 Por acaso eu amo essas duas bandas. Só para deixar claro.

autodenomina "Calvin Klein". Em *De volta para o futuro 3*, ele diz se chamar "Clint Eastwood", e, ainda que você nunca tenha assistido *Três homens em conflito*, soa engraçado. Adicione a isso o fato de que Biff está assistindo justamente a esse filme em *De volta para o futuro 2*, provando que tanto a referência quanto a piada envolvendo a referência ("Clint Eastwood"), fazem parte do conteúdo do próprio filme. O que é uma forma de construir uma máquina de falsa nostalgia: recheie com camadas de referências o interior de suas piadas anacrônicas.

No contexto desse filme no gênero da ficção científica, você diria não ser tão estranho assim que toda a ação se passe em Hill Valley. Até Doc menciona que parece haver um significado universal para a data 12 de novembro de 1955, o dia em que o relógio da torre é atingido por um raio, Marty e Doc se encontram pela primeira vez e os pais do jovem vão para o baile Encanto no fundo do mar. Essa localização temporal se torna o destino (e ocasionalmente a origem) de todo o universo dos filmes. Ocorre que a localização física de Hill Valley é muito importante, uma jornada a Meca que já é Meca em si própria. Isso funciona sob um ângulo literário se imaginarmos *De volta para o futuro* como não-realista de propósito em seu tom metafórico. Não existe *nenhum mundo* fora de Hill Valley, mesmo porque, assim como em *Coraline*, de Neil Gaiman, você pode sair da "outra casa", mas quanto mais longe vai, mais cedo percebe que está caminhando novamente em direção a ela. Se Saramago decidisse escrever um romance sobre paradoxos, provavelmente teria criado um lugar parecido com Hill Valley.

Tendências recorrentes no decorrer da história de Hill Valley também ajudam a construir a falsa nostalgia desses filmes, ao mesmo tempo em que cimentam a natureza surrealista da biografia de cada um. A amizade entre Doc e Marty é o que mais ecoa no filme, e não somente por serem viajantes do tempo. Essencialmente a relação de ambos é mais parecida com a de pai e filho que a de colegas, o que significa que existem de fato dois pais nerds: Doc e George McFly – mesmo que Marty claramente prefira seu falso pai (Doc) a seu pai verdadeiro (George). Ainda assim, com pai falso ou não, Marty e Doc já são amigos no *De volta para o futuro* original, e nunca fica claro pela perspectiva de Marty como eles se encontraram pela primeira vez. Sem muito esforço mental você poderia simplesmente dizer que aqueles vários paradoxos de viagem no tempo sempre aconteceram, significando que eles sempre foram amigos, mesmo sem saber quando ou como se viram pela primeira vez. Nesse ponto, chegamos à melhor parte de qualquer discussão sobre histórias envolvendo viagens no tempo: como funcionam esses paradoxos e com quantos deles estamos fazendo malabarismo, nesses filmes?

VAMOS CONVERSAR SOBRE PARADOXOS

O MOTIVO PELO QUAL MARTY e Doc são amigos representa algo de um paradoxo ontológico onde causa e efeito se tornam nebulosos. Nós não sabemos se os dois se conheceram em 1955 ou em algum momento dos anos 80 anterior ao início do primeiro filme. Uma vez que vemos Marty encontrar Doc em 1955, somos forçados a acreditar que algum tipo de paradoxo de informação está rolando. Mas como não nos há informação suficiente sobre o que Marty acreditava que o relacionamento dos dois fosse em 1985, não temos certeza. Isso não é um erro porque, de novo, o fato de Doc e Marty já serem amigos no início do primeiro filme significa que causa e efeito estão subvertidos antes mesmo da verdadeira viagem no tempo ser apresentada, o que é brilhante. *De volta para o futuro* criou falsa nostalgia e um paradoxo simplesmente por te fazer acreditar que um adolescente e um cientista maluco já eram amigos POR NENHUM BOM MOTIVO. Bem no início, Doc é o bom e velho Doc, alguém com quem o jovem sempre pode contar e que nós amamos e no qual confiamos implicitamente.

Agora, considere o simples fato de que um *blockbuster* americano contemporâneo jamais faria isso nos dias de hoje, quando os grandes filmes sempre começam com uma história muito detalhada sobre a origem do herói, e as relações com qualquer dos amigos dele são firmemente estabelecidas antes do filme arrematar seu enredo genérico. Na verdade, esse é o enredo inteiro de J. J. Abrams para o *Star Trek* de 2009: vamos conhecer todo mundo! *De volta para o futuro* é tão dinâmico que nos faz acreditar no relacionamento desses personagens na mesma hora, por mais que ele pareça completamente irreal. O relacionamento entre Kirk e Spock no *Star Trek* de Abrams é muito mais realista do que a amizade de Marty e Doc, mas gostamos mais dos últimos porque o relacionamento deles funciona melhor dentro dessa falsa nostalgia, enquanto Kirk e Spock são, na verdade, abastecidos somente com a nostalgia real do antigo *Star Trek*[31]. Isso não quer dizer que um eventual remake de *De volta para o futuro* fosse ser bem sucedido, mas a dinâmica dos personagens poderia ser apresentada de maneira muito mais realista.

31 Que também é falsa, já que muitas pessoas que gostaram do filme de 2009 nem ligam para *Star Trek* dos anos 60.

Mais importante: vi Christopher Lloyd responder à pergunta sobre quem deveria interpretar Doc em um remake, e ele disse: "eu". Eu diria que isso significa que ele provavelmente é um viajante do tempo de verdade.

O PARADOXO DA ÁRVORE GENEALÓGICA DE BIFF TANNEN

AO LONGO DA TRILOGIA, A família Tannen aterroriza a McFly em cinco períodos de tempo diferentes: 1885, 1955, 1985, 2015 e uma versão alternativa de 1985 na qual Biff Tannen manda em Hill Valley de dentro de sua banheira. Mas quem diabos são os pais dele? E de onde saíram todos os Tannen? No primeiro *De volta para o futuro*, Thomas F. Wilson interpreta de maneira brilhante um Biff Tannen de quarenta e poucos anos em 1985, e um Biff adolescente em 1955, ambos dando bons nêmesis paralelos aos McFly. Em 1985, Biff é o maior problema de George McFly, mas, em 1955, ele se torna problema de Marty e, graças à viagem no tempo, os dois têm a mesma idade. Da mesma forma, quando Marty viaja para 2015 em *De volta para o futuro 2*, é confrontado por Griff Tannen, um adolescente de sua idade que é neto de Biff. Em uma virada do primeiro filme – em que o pai de Marty, George, tem a idade de Biff – o filho de Marty, Marty Jr.[32], tem exatamente a mesma idade que Griff. Estranhamente, não há nenhum membro da família Tannen com a idade de Marty.

32 E se Crispin Glover tivesse feito *De volta para o futuro 2* interpretado Marty Jr.? Quão mais estranho teria sido o filme? Tom Wilson

Ou, pelo menos, ninguém que possamos ver. Em 1985 – a localização temporal do início do primeiro filme – Biff parece não ser casado, e, mesmo assim, em 2015, é confirmado que Griff é neto de Biff, graças à fala do avô: "Quê 'cê' achou, que Griff ia me chamar de 'vovô' por causa de sua saúde?".

Ainda assim, não temos a menor ideia de quem sejam os pais de Griff. Presumidamente, um de seus pais deveria ter a mesma idade que Marty em 1985, e andar com as pessoas que ele conhecia do colégio. Poderia haver um membro da família Tannen na banda de Marty, os Pinheads? Poderia Jennifer Parker ser amiga da *filha* de Biff? Rascunhos do roteiro de *De volta para o futuro 2* incluíam uma "Tiff Tannen", que provavelmente teria existido em 1985 e figurado com o representante da família na geração de Marty, mas como ficou, nunca chegamos a vê-la.

Ainda mais estranho é o fato de que, em *De volta para o futuro 2*, nós vemos que o adolescente Biff de 1955 mora com sua avó, e, assim como seu descendente Griff, não menciona pais. O progenitor imediato de Griff talvez não tenha tido nenhum tempo em cena, portanto ainda pode existir. Mas um diálogo no mesmo filme revela que a casa onde Biff mora com sua avó pertence aos únicos Tannen no catálogo de telefones, nos levando a acreditar que os únicos da família que realmente moram em Hill Valley em 1955 são Biff e sua avó, tornando a origem dele, nesse ponto da história, ainda menos clara que a de Griff. Acho que nós temos que presumir que ambos têm pais e ponto, mas não há graça nisso.

---

conseguiu interpretar seu próprio neto, então por que não? A seguir, imagine Crispin Glover com um sotaque irlandês maluco interpretando Seamys McFly em *De volta para o futuro 3.*

Em *De volta para o futuro 3*, conhecemos Buford "Cachorro Louco" Tannen (apesar de termos ouvido falar nele em uma versão alternativa de 1985 no segundo filme) no Velho Oeste de 1855. Cachorro Louco, ficamos sabendo, é bisavô de Biff, e isso destaca que outro galho está faltando na árvore genealógica dos Tannen. Se ele é o bisavô de Biff, isso significa que possa ser o pai da avó de Biff, em 1955. No entanto, talvez não. A avó de Biff – única Tannen no catálogo, lembre-se – pode ter se casado com alguém com esse sobrenome. Se viajarmos dentro do universo dos filmes, isso fica supostamente explicado uma vez que o vídeo game do filme revela que o pai de Biff era um mafioso chamado "Kid" Tannen, que devemos supor ser filho do Cachorro Louco. O único problema é que temos certeza de que Cachorro Louco será enforcado depois que Marty e Doc se separam em 1885 no terceiro filme, e mesmo que não saibamos se o personagem tinha uma família, esposa ou qualquer coisa do gênero, não os vemos. O único ancestral masculino de Biff e Griff provavelmente morre em 1885, e, daquele ponto em diante, a família Tannen parece só ter um representante vivo para cada geração, em qualquer época.

A ausência notável de vários galhos da árvore da família de Biff só pode significar uma coisa: Biff é ao mesmo tempo seu próprio pai e seu próprio filho. No segundo filme, o velho Biff de 2015 rouba o DeLorean e viaja até 1955 para dar ao jovem Biff o almanaque de esporte que vai trazer a ele muito dinheiro no futuro. Agora, só porque não vemos o velho Biff viajar para mais nenhum lugar no tempo, não significa que ele não o tenha feito. Eu sei, eu sei. Teorias das conspiração tendem a funcionar melhor quando existem menos evidências, e essa é uma ótima teoria da conspiração. Mas acho que a melhor solução para isso é que Biff compreende ser o produto de um paradoxo e, como consequência, tem que reafirmar sua própria existência se tornando seu próprio ancestral e descendente. Isso significaria que os galhos ausentes na árvore de Biff são simplesmente ele próprio, viajando no tempo. Eu soube que isso é, na verdade, geneticamente impossível, já que você nunca conseguiria criar uma réplica genética perfeita de si mesmo. Mesmo assim, o conto de viagem no tempo de Robert A. Heinlein *Um Estranho numa Terra Estranha* apresenta um personagem que é seu próprio pai, mãe e ainda deu a luz a si mesmo. Se você não pode fazer essas coisas na ficção científica, qual o motivo da ficção científica?

O PSEUDOPARADOXO DA CARREIRA DE ESCRITOR DE GEORGE MCFLY

NÓS SABEMOS QUE GEORGE MCFLY é o destino de Lorraine Banes, mas sua linha do tempo inicial não continha a parte de se tornar um célebre autor de *sci-fi*. Quando Marty visita a versão de 1955 de seu pai, no primeiro filme, George tem todas as características tradicionais de um perfeito idiota: corte de cabelo ruim, roupas baratas, nenhuma confiança e, claro, interesse por ficção científica. Conhecidamente, o jovem usa a ficção científica para convencer o pai de que é um alienígena com uma mensagem especial. Marty personifica um pseudo-alienígena com sua versão de baixo orçamento de mistura entre *Star Trek* e *Star Wars*. Sem esse evento específico, Marty não estaria apto a colocar sua linha do tempo de volta no lugar, o que significa que a ficção científica dentro da ficção científica salvou o dia em *De volta para o futuro*. Mas fica ainda melhor, já que, na nova linha do tempo, Marty acidentalmente fez com que seu pai se tornasse um escritor de ficção científica, e, a julgar pela casa dos McFly, um muito bem sucedido!

Algumas pessoas podem apontar que *Uma Partida Feita no Espaço* [A Match Made in Space] é apenas o primeiro livro de George, o que não contaria para sua situação confortável de vida. Já foi afirmado que não teria levado tanto tempo para ele terminar esse romance e o publicar. No entanto, é possível que George McFly, depois do encontro com o Darth Vader do planeta Vulcano, seguiu até se tornar um escritor de contos como Harlan Ellison ou Kurt Vonnegut. Caramba, George pode ter vendido roteiros para *A Quinta Dimensão* e *Além da Imaginação*, presumindo que esses programas existissem no mundo de *De volta para o futuro*, o que provavelmente é verdade, já que vemos um episódio de *The Honeymooners* no primeiro filme. Essa era de escrita de George McFly se encaixaria no quadro temporal pós-1955, e o fato de os McFly viverem na Califórnia, perto do grande núcleo americano no mundo da TV, torna tudo mais plausível. Você poderia inclusive dizer que, na realidade de Marty, George processou George Lucas e Gene Roddenberry por usarem seus conceitos originais de Darth Vader (*Star Wars*) e do planeta Vulcano (*Star Trek*). Isso explicaria por que George McFly tem toneladas de dinheiro antes mesmo de seu primeiro romance ser lançado. E se Marty McFly, através de seu pai, na verdade criou tanto *Star Trek* quando *Star Wars*, via paradoxo, *De volta para o futuro* seria uma obra de falsa não-ficção e "hipermetaficção" ao mesmo tempo.

O PARADOXO JENNIFER PARKER

A ATRIZ QUE INTERPRETA JENNIFER Parker em *De volta para o futuro* é diferente da que a interpreta nos dois filmes seguintes. No primeiro, ela é interpretada por Claudia Wells, que é substituída por Elisabeth Shue para se tornar a Jennifer "de verdade", da mesma maneira que as pessoas consideram Maggie Gyllenhaal a "verdadeira" Rachel nos filmes de Batman, ao invés de Katie Holmes. A explicação pra isso é confusa: o autor Bob Gale e o diretor Robert Zemeckis supostamente não conseguiram trazer Claudia Wells de volta, mas não há como ter certeza. A coisa mais louca a respeito dessa troca de Jennifers é que você jamais teria notado se só tivesse visto esses filmes uma vez, quando criança. *De volta para o futuro* se sai bem em criar a definitiva falsa nostalgia ao refilmar a sequência final do primeiro filme quase cinco anos depois, com uma atriz completamente nova. Ainda assim, Claudia Wells fez a voz de Jennifer no jogo do filme, de 2010/2011, no qual reclama de volta o status canônico de Jennifer. Isso, mais do que qualquer outra coisa, penso ser prova de que o universo alternativo desses filmes se mistura dentro do que nós chamamos de "mundo real".

Mais problemática do que a troca de Jennifer, no entanto, é o fato de a personagem em si ser quase menos do que terciária no enredo de qualquer um dos filmes. No original, ela não é nada mais que a namorada-troféu de Marty. No segundo, está literalmente inconsciente na maior parte da ação, e só aparece no finalzinho do terceiro filme. Marty nunca é infiel a ela, mas Jennifer se mantém como uma espécie de bela adormecida ao longo dos filmes, incessantemente esperando Marty voltar para casa de sua odisseia. Isso é óbvia e totalmente machista da pior forma possível, mas em uma série de filmes que brinca com temas edipianos desde o início (a mãe de Marty quer dar uns pegas nele), não é surpresa que papéis femininos progressistas sejam escassos. Nem toda falsa nostalgia é boa e, na verdade, quando se trata de gênero ou raça, *De volta para o futuro* representa nossas tendências populares do passado corretamente até demais.

O PASSADO E O FUTURO: NÃO EXATAMENTE PERFEITOS

MARTY MCFLY É NITIDAMENTE UMA pessoa com idade em torno de trinta anos, fingindo ainda estar no ensino médio. Para ser justo, todos os grandes filmes passados no ensino médio têm esse problema: todo mundo em *Grease – Nos tempos da brilhantina* parecem ser atores fingindo estar em um falso colegial, o que em *Grease* é meio que proposital. Mas nós já sabemos que *De volta pra o futuro* tem uma abordagem mais surreal para tudo isso, e a coisa mais surreal é a quase total ausência de pessoas negras.

Dizer que *De volta para o futuro* é um filme racista por ter somente alguns poucos personagens negros não é exatamente justo. Os brancos do filme (quase todo mundo) são quase tão estereotipados quanto os poucos negros. Acho que os personagens negros imaginários dos filmes deram sorte em escapar de estar nessa bizarra representação da "branquitude", uma vez que é aqui que a falsa nostalgia de *De volta para o futuro* se torna triste, mas está totalmente correta em termos de como a cultura pop funciona. Qualquer um que já tenha estudado um pouco de história sabe que a América de 1955 era pior para os negros do que a de 1985, mas o ano de 1955 para o qual Marty viaja no primeiro e segundo filmes é super cor-de-rosa. Existem caras negros na banda de 1955, e nos é dito que Goldie Wilson, o negro varrendo o chão da lanchonete, será em breve o prefeito de Hill Valley. Também ficamos sabendo que um dos caras da banda é "primo" de Chuck Berry, Marvin Berry, e que a autoria de *Johnny B. Goode* é, na verdade, o resultado de um paradoxo de viagem no tempo. Obviamente, na vida real, Chuck Berry não compôs a canção mencionada graças a um viajante do tempo branco, mas que merda, parece realmente racista pensar que *De volta para o futuro* afirma isso. Marty e Doc, e literalmente todas as outras pessoas nesse filme, têm permissão de casualmente "existir", e até mesmo de tornar suas vidas melhores através de sua louca tecnologia e divertidas aventuras. Enquanto isso, Marvin Berry e Goldie Wilson são exigidos de "sonhar grande", mais do que de viver grande. *De volta para o futuro* tenta acidentalmente atingir um revisionismo paradoxal que faz os brancos se sentirem melhores a respeito do passado. Isso é nostalgia falsa por uma coisa que que o público alvo (branco) sequer vivenciou – no caso de igualdade racial, porque não existiu.

De volta para o futuro não é uma série de filmes ruim, e, caso você ainda não tenha percebido, eu amo por completo. Mas se há uma coisa que considero importante a respeito do amor é compreender as profundas características defeituosas dos objetos de seu amor, para que possa compreender melhor a si mesmo, e como se curtir mais. Existe um grande episódio de *Star Trek: Deep Space Nine* [Star Trek: Espaço Profundo Nove] que me ajudou a ver isso e a pensar como uma pessoa progressista e vanguardista pode ter uma noção do lado ocasionalmente assustador da falsa nostalgia. Em *Star Trek*, eles têm o *holodeck*: um ambiente de realidade virtual no qual fantasias sem fim podem acontecer. E, em um episódio da série chamado "Badda-Bing, Badda-Bang", existe uma boate holográfica (falsa) de 1962 chamada de Vic's, onde um bando de pessoas em *Star Trek* gosta de ir. O personagem principal da série – caso você ainda não saiba – é o único protagonista negro de *Star Trek*, Avery Brooks interpretando Ben Sisko, o cara que comanda a estação espacial e mais uma nave, as duas em tempo integral, ao mesmo tempo em que também é um pai solteiro[33]. Nesse episódio, ele discute com sua namorada, Kasidy Yates (Penny Johnson), sobre a moral de curtir a falsa boate de 1962, se para isso era preciso fingir que o racismo não havia existido naquela época. Sisko se posiciona da forma que eu acho que a maioria de nós faria: entretenimento histórico que mascara ou esconde as desagradáveis verdades raciais do passado não passa de merda. No entanto, Yates dá a Sisko um contra-argumento: curtir essa forma de entretenimento pode ser visto como empoderamento, desde que ninguém se esqueça do que foi a verdade.

Acho que para um certo grupo de americanos, nascidos em dada época (a despeito da raça), *De volta para o futuro* é uma trilogia amada por causa de seus encantos sem fim. É também uma série capciosa de filmes que se insinua para nossa consciência através de uma inteligente manipulação

33 Estranhamente, a mulher falecida de Sisko também se chamava Jennifer, e ela foi apresentada em pelo menos um episódio de viagem no tempo. Por sorte, Felecia M. Bell pôde interpretá-la sempre, mesmo quando ela foi uma Jennifer perversa de um universo alternativo.

da nostalgia que, de tão real, parece ter sido criada por um paradoxo de tempo. Hoje, fiquei sabendo que existe um protótipo de skate voador sendo testada, como se equiparar nossa tecnologia atual fosse apenas concretizar *De volta para o futuro*, e não nosso futuro real. O que perde o sentido, porque acho que toda essa falsa nostalgia estava mais para uma série de piadas do que qualquer outra coisa, uma vez que esses filmes eram comédia, acima de tudo. O futuro dos carros voadores era uma piada, mais uma referência da ideia da "era de ouro" da ficção científica dos anos 50 acerca de como poderia ser o futuro.

Nosso 2015 é assustadoramente real, enquanto o 2015 de *De volta para o futuro* nunca pretendeu ser mais real que seu passado ou presente. Ao invés disso, tudo que funciona (e o que não funciona) nesse marco pop, o faz graças à falsa nostalgia, que não difere muito do Doc enfiando lixo no DeLorean para fazê-lo voar.

IMAGINE QUE
FRODO NÃO
EXISTE
(ME PERGUNTO
SE VOCÊ
É CAPAZ)

QUANDO EU TINHA UNS TRÊS anos, meus pais costumavam me deixar com um simpático casal mórmon que deu à filha o nome de Galadriel, em homenagem à linda elfa de *O Senhor dos Anéis*, que agora sabemos que é a cara de Cate Blanchett. No início dos anos 80 eu não sabia o que era um mórmon, ou quem era Cate Blanchett, mas gostava de achar que compreendia instintivamente os elfos. Além de seu nome, não há mais muito de que eu me recorde sobre minha Galadriel ou sua família. Eles moravam bem próximo a nós em Mesa, Arizona, para funcionar como um ótimo lugar para me largar quando meu pai e minha mãe precisavam ir ao mesmo tempo à mercearia, ou cuidar da peixaria de que eram donos ou, possivelmente, ficar altos e fazer sexo. Além disso, nada mais foi retido a respeito de nossa amizade, além de uma foto Polaroid de nós dois: eu segurando a mão da versão de três anos de idade da Dama de Lothlórien.

Pronunciar o nome de todos os personagens de *O Senhor dos Anéis* já é desafiador o bastante, mas se você tem três anos de idade, é completamente impossível. A única coisa que minha mãe se lembra sobre a pequena Galadriel por acaso acaba sendo a melhor delas: eu não conseguia pronunciar o nome dela de jeito nenhum! Ao invés de dizer "Galadriel", meu pequeno eu encurtou o nome em uma palavra mais portátil: "Deedle", que rima com "*needle*"[agulha, em inglês]. Isso quer dizer que sou o único fã de Tolkien a inventar meu próprio apelido cânone para um dos maiores personagens, embora haja precisamente zero referências a "Deedle" em qualquer dos apêndices de *O Retorno do Rei*.

Você consegue imaginar o Gandalf de Ian McKellen pronunciando a palavra "Deedle"? Faça isso agora, por favor.

A despeito do quanto o nome seja incomum, tenho sido incapaz de rastrear minha antiga colega de brincadeiras. Às vezes imagino um universo alternativo no qual Deedle e eu crescemos, nos tornamos grandes amigos, e aprendi com ela – uma Galadriel da vida real – como pronunciar "Galadriel". Da forma que ficamos, nessa realidade, nossas famílias se afastaram e Deedle está por aí, em algum lugar, um enigma na escuridão de minha infância, que é somente interessante em parte porque eu não tive na infância outros amigos com nomes como Spock ou Gizmo. Então, tive que aprender a pronunciar o nome como o resto de vocês que também leu *O Hobbit* e a trilogia *O Senhor dos Anéis*: inventei uma pronúncia na minha cabeça e depois fiquei chocado ao descobrir o quanto estava errado, quando os filmes de Peter Jackson foram lançados, em 2001.

Com toda seriedade, no entanto, acredito que meu eu de fraldas estava tão apreensivo tentando aprender a correta pronúncia de Galadriel que isso já era uma metáfora premonitória do quanto temo os fãs de verdade de Tolkien. Eles não são um bando maligno de todo, mas os estudiosos hardcore de Tolkien são pacientes com relação à informação de formas que eu não sou. Eles conseguem aceitar o fato de que todo um casamento ou relacionamento possa existir como nota de rodapé. São capazes de acreditar que Tolkien meramente traduziu essas obras de outras línguas. Podem ponderar interminavelmente se os hobbits são muito gays ou se são metáforas dos valores do Cristianismo ou, ainda, os dois. Indo a fundo no buraco dos hobbits dos estudos de Tolkien é muito, muito difícil, já que J. R. R. Tolkien era um fã de sua própria obra. Se Neil deGrasse Tyson escrevesse romances de ficção científica, e esses livros se tornassem imensamente populares, acho que ele se tornaria o Tolkien do *sci-fi*, o inventor de um novo gênero prestes a ir além em termos da logística de como funciona na verdade esse mundo da ficção. Em forte oposição a George Lucas – que é claramente ignorante a respeito de como seu próprio mundo fictício funciona – Tolkien é tão expert em seu próprio material que pular da frigideira de fã casual para o fogo da discussão séria sobre sua obra é assustador para qualquer escritor ou crítico de respeito.

Por sorte, estou mais pra Bilbo, e não sou sério. Sou um bobo. Então lá vamos nós.

Existem diversas maneiras de pensar sobre as intenções de Tolkien, e uma porção de fatos e entrevistas sobre as quais ponderar, mas acho que mesmo o mais dedicado dos estudiosos de Tolkien irá concordar comigo quando digo que a trilogia *O Senhor dos Anéis* só existe porque o editor original de Tolkien pediu a ele uma continuação para *O Hobbit*. Em *As Cartas de J. R. R. Tolkien* existem diversas evidências de que o autor a princípio não tinha nenhuma intenção de escrever uma continuação para *O Hobbit*. Em uma carta específica de 1937 para seu editor Stanley Unwin (da editora Allen & Unwin), Tolkien diz: "Estou um pouco perturbado. Não consigo pensar em mais nada a ser dito a respeito dos *hobbits*". O engraçado é que Tolkien parece acreditar nisso na época, mas o processo de dez anos para passar a achar o exato oposto é uma das coisas mais importantes na história geek. Se Tolkien tivesse continuado a responder cartas de fãs e de seu editor com um simples "Não, obrigado", não consigo imaginar a ficção científica e a fantasia como metade do pelo que são reconhecidas agora. A decisão final de Tolkien de escrever para valer uma sequência para *O Hobbit* é o big-bang da fantasia, uma revolucionária reviravolta que cria uma realidade alternativa sem *O Senhor dos Anéis* quase impossível de se conceber em retrospecto, ainda que, em nosso universo, seja fascinante e bizarro que isso tenha acontecido como aconteceu.

John Lennon conhecidamente achava que *Help* deveria ser uma música lenta, o que o coloca na genial companhia de Tolkien, que também não compreendeu inicialmente o valor comercial de sua obra. O que quero dizer é que Tolkien queria que o super-chato *O Silmarillion* fosse lançado antes de *O Hobbit* e, posteriormente, como parte de *O Senhor dos Anéis*, embora sua editora não tenha permitido isso. *O Silmarillion* é também sintoma do que chamo de "Baboseira de *O Sobrinho do Mago*", na medida em que seu efeito sobre *O Hobbit* e *O Senhor dos Anéis* é similar com o que C. S. Lewis fez com os livros de Nárnia. *O Silmarillion* explica por que o mundo de fantasia da Terra Média existe, da mesma maneira que *O Sobrinho do Mago* de Lewis explica como Nárnia se tornou Nárnia. Como Laura Miller explica em *The Magician's Book* [O Livro do Mago], "Algumas falas em *O Leão, a Feiticeira e o Guarda-Roupa* não fazem muito sentido se você presumir que os leitores tenham lido *O Sobrinho do Mago*". E essa é a razão por que não existe nenhum bom motivo para ler *As Crônicas de Nárnia* de qualquer outra forma que não pela ordem de publicação, e possivelmente (e de forma controversa), para nunca ler *O Silmarillion.* A "Baboseira de *O Sobrinho do Mago*" também se aplica a *Star Wars Episódio I: A Ameaça Fantasma*, mas você já sabia disso.

Assim como George Lucas, Tolkien é um insano revisionista histórico de sua própria obra, apesar de – ao contrário de Lucas – ser muito bem sucedido nisso. Ele revisou seu *O Hobbit* de 1937, e essa revisão veio à tona em

1951[34]. Difere radicalmente do original para permitir que *O Senhor dos Anéis* viesse a existir. Especificamente: Gollum passa de uma curiosa criatura com opiniões engraçadas sobre as coisas para um psicopata assassino. A versão original de *O Hobbit* não indica de forma alguma que o anel fosse sinônimo de más notícias. No entanto, tente colocar suas mãos em um original de 1937 nos dias de hoje. Não é exatamente uma conspiração, mas uma continuidade retroativa de muito sucesso. Uma vez que o autor revisou aquela versão do livro para torná-lo compatível com a sequência, ele se torna completamente culpado pela "Baboseira", mesmo que seja a única pessoa a fazer esse tipo de obra funcionar, já que é completamente aceito por seus fãs.

Mas precisamos dar um passo atrás. Se *O Hobbit* é um acidental livro anterior de *O Senhor dos Anéis*, qual é o problema? Ele o escreveu, as pessoas gostaram, então escreveu uma série bacana de romances como uma sequência. Por que alguém deveria se preocupar ou achar que existe alguma profundidade nisso? Bem, se Tolkien não tivesse mudado de ideia para transformar seu *O Hobbit* em *O Senhor dos Anéis*, a fantasia como nós a conhecemos não existiria, já que a trilogia está para a fantasia como os Beatles estão para o rock-and-roll.

Tente imaginar um mundo sem os Beatles. Tente mesmo, mesmo. Eu acho que existe uma chance muito real de que esse mundo seja devastado, queimado, incinerado, que tenha uma cultura não muito diferente da que pessoas de rosto derretido que vivem debaixo da Terra de *De Volta ao Planeta dos Macacos* tinham. Não posso provar isso, é claro,

---

34 Houve mais duas revisões do livro, publicadas em 1958 e 1966. No geral, elas são bastante semelhantes à primeira revisão, pelo menos para nossos propósitos, aqui.

porque não existe uma correlação direta entre a guerra nuclear ter sido anunciada e os Beatles terem lançado *I wanna hold your hand*, mas não importa. Beira o inconcebível um mundo de música pop/rock sem os Beatles, o que em parte é atribuído ao ingresso de Ringo Starr no grupo em 1962. O baterista original deles – Pete Best – foi publicamente e sem cerimônia demitido do grupo pouco antes de eles assinarem com Brian Epstein e se tornarem um fenômeno universal. Se os Beatles não tivessem demitido Pete Best, poderiam não ter sido agenciados por Brian Epstein, e, talvez, seus pais não teriam a música certa para ouvir, e você não tivesse nascido ou podido ler esse livro. Então, acompanhe de perto: Bilbo é Pete Best, e Frodo é Ringo Starr.

Uma vez que a jornada de Bilbo se conclui antes mesmo do fim de *O Hobbit*, seria impossível fazê-lo estrelar "*O Hobbit Parte 2*", isso porque ele não é um personagem que renda material para uma "Parte 2". Você pode pensar que Ringo é o cara normal dos Beatles, mas ele é o cara normal que entrou na aventura e *ficou* na aventura. Bilbo é o cara que entrou na jornada, e então voltou e ficou em casa, como Pete Best. Bilbo é um cara normal intencionalmente e agressivamente delével, cuja jornada heroica é tão punk rock anticonformista que ele, na verdade, não faz lá muita coisa heroica na última parte de seu livro. Em um ensaio de 1975 chamado "The Psychological Journey of Bilbo Baggins" [*A Jornada Psicológica de Bilbo Bolseiro*], Dorothy Matthews afirma: "Existe um motivo para que Tolkien não tenha Bilbo matando o dragão, uma vez que isso seria mais característico de um salvador ou herói cultural, como São Jorge ou o Cavaleiro da Cruz Vermelha, ou Beowulf. O significado dessa história reside na maneira obviamente anti-heróica com que Tolkien escolhe trazer as aventuras de Bilbo ao fim".

Assistir sentado às grandes batalhas e não levar muito crédito torna Bilbo a estrela de uma aventura épica que não se porta como uma estrela. Então, quando *O Hobbit* demandou uma continuação, Tolkien precisava de algo antigo (um hobbit) e de algo novo, e o que ganhamos dessa equação foi Frodo Bolseiro, o sobrinho de Bilbo, um tipo mais profundo de "Baboseira de *O Sobrinho do Mago*" que na verdade não é baboseira nenhuma.

Se visto pelas lentes dos arquétipos heroicos, Bilbo é um personagem mais iconoclasta que Frodo, porque ele protesta ativamente contra ser parte da história em que está inserido. Frodo não se aproxima disso e, estruturalmente, o estilo de narrativa de *O Senhor dos Anéis* é um pouco mais eficiente que o de *O Hobbit*. Eu sei que parece loucura: uma trilogia de três volumes é de alguma forma mais eficiente em sua linguagem do que um pequeno livro de trezentas páginas chamado *O Hobbit*. Eu devo ser louco. Mas não sou. Os livros de *O Senhor dos Anéis* são muito mais orientados pela história do que a jornada infantil de *O Hobbit*. Em "Padrão narrativo de *A Sociedade do Anel*", David M. Miller fala sobre a escrita pitoresca contra uma focada na movimentação do anel. Ele argumenta que, com poucas exceções (como Tom Bombadil), tudo o que acontece na trilogia é uma resposta à pergunta principal do enredo: ONDE ESTÁ O ANEL AGORA?

Enquanto isso, existe uma porção de baboseiras em *O Hobbit* – ataque de *goblins*, aranhas gigantes, muita comilança e cantoria – e muitas delas não acrescentam em nada para um roteiro empolgante, o que é exatamente o motivo por que tornar esse livro uma série de três filmes foi uma grande ideia para a New Line Cinema lucrar, mas uma péssima ideia em termos de produzir filmes bons de assistir. Os personagens da adaptação de *O Hobbit* são forçados a sustentar a si mesmos através de narrativas distantes que não foram feitas para se cruzarem. Peter Jackson tentou transformar *O Hobbit* em *O Senhor dos Anéis* nas adaptações cinematográficas do livro, e se Tolkien tivesse tentado fazer o inverso – tornar a trilogia uma continuação verdadeira de *O Hobbit* – ninguém teria gostado de *O Senhor dos Anéis*.

A criação da trilogia é Tolkien, efetivamente e brilhantemente, *se vendendo*, o que é exatamente como os Beatles demitindo Pete Best. Como deve ter sido dentro do cérebro de Tolkien quando ele decidiu que precisava de um herói mais tradicional, como Frodo? Vamos dar uma espiada especulativa nesse processo de pensamento:

> Sabe de uma coisa? Eu não posso ter uma série de romances épicos com um perdedor barrigudo no centro da ação. Quem vai querer ler essa porcaria? Ninguém! Eu preciso de um cara parecido, mas mais novo, você sabe, mais *maneiro* que o Bilbo. Vai ser sobrinho dele. Isso ficou bom. Frodo. Legal. Bom. Feito. Ele também tem um amigo hobbit. Peraí, dane-se, ele tem TRÊS amigos! Eles todos vão ser um pouco como o Bilbo, mas mais novos e mais bêbados. São como uma banda. Tô adorando isso. Eu sou um gênio. Que mais?
>
> Também preciso de uns caras durões, espertos. Merda. Bom, eu tenho o Gandalf. Então vou fazer ele meter ainda mais moral do que da última vez. Talvez eu até o mate e faça voltar à vida como um jogador de videogame. Ééé, todo mundo vai

> adorar isso! Que diabos, *eu* amo isso. Eu sou Tolkien e adoro metáforas cristãs. Cara, o C. S. Lewis vai ficar tãoooo puto! Aslan voltar no mesmo livro vai parecer piada quando comparado ao Gandalf retornando em *As Duas Torres*. Há-há! Chupa essa, C. S.! Vou te mostrar quem ganha a batalha dos caras com iniciais que escrevem livros incríveis. Tá bom.
>
> De qualquer forma, voltando aos caras frios e durões. Quem mais? Já sei, vou pegar um cara, um cara comum, que use sapato, e dar a ele o nome de Passolargo. Mas depois o nome dele vira outra coisa. Todo mundo tem múltiplos nomes. Exatamente como eu. Porque eu sou J. R. R. Tolkien.

Desse ponto em diante, você pode fazer sua própria tradução élfica de "largando o microfone".

Agora, os três filmes de *O Hobbit – Uma Jornada Inesperada*, *A Desolação de Smaug* e *A batalha dos cinco exércitos* – tiram proveito do fato de que a maior parte das pessoas que gosta dos livros nunca diria que a versão cinematográfica da trilogia arruinou a história. E é impossível arruinar *O Hobbit* porque ninguém liga pra ele como para *O Senhor dos Anéis*. Afinal, comparado a ele, simplesmente não é tão bom. "Bom", no entanto, não é o mesmo que "engraçado" ou "relevante", porque se *O Hobbit* não tivesse sido engraçado e interessante como foi (na versão revisada ou não), não haveria jeito do resto da história acontecer. E esse impacto é dramático na existência do gênero de fantasia como o conhecemos. Muitas pessoas podem não ver isso de uma perspectiva positiva: o escritor Michael Moorcock, por exemplo, que uma vez detonou Tolkien ao comparar a série a A. A. Milne em um artigo chamado "Pooh épico". Por que ser comparado com um incrível escritor como Milne seria uma ofensa não faz sentido para mim. Além disso, se autores de fantasia quiserem escrever diferente de Tolkien (como Moorcock), ainda assim reconheceriam sua influência. Alguém poderia escrever uma história de Natal sem pensar em Charles Dickens e *Um conto de Natal*? E por acaso Dickens destruiu o natal por causa disso?

O universo alternativo sem a continuação acidental de *O Hobbit* é também um sem *Star Wars* ou *Harry Potter*, e com leis contra a maconha muito mais rígidas. A trilogia estabeleceu a ideia de magos sacrificando a si mesmos (à la Obi-Wan Kenobi e Dumbledore), e também a apresentação de todos os personagens antes de uma grande aventura. O fato de dormitórios nos anos 60 e 70 frequentemente terem um mapa da Terra Média pendurado não é somente porque as pessoas gostariam de viver lá, mas porque as pessoas na faculdade gostam de ficar doidonas, e muito disso está no DNA – acidentalmente ou não – de *O senhor dos Anéis*. De maneira apropriada, cachimbos de erva não aparecem em *O Hobbit* tanto assim porque, você sabe, criancinhas não deveriam fumar maconha.

*

Em 2001, estou sentado no quarto de uma casa em Mesa, Arizona, espaço que estou alugando por duzentos dólares por mês. Meu senhorio é um Gollum sem dentes, um cara que dorme em uma cama no quintal e nunca usa sapatos, apesar do fato de só dirigir carros alugados. Não tinha como ele estar fazendo qualquer coisa legal a si mesmo nessa situação e, assim como Gollum, um hobbit caído, meu senhorio parece já ter sido uma pessoa legal, mas então fora consumido por um vício ou aflição, tornando-o um esquisitão. Claro, tenho zero de solidariedade por isso porque eu tenho vinte anos de idade, morando no meu próprio quarto alugado, virando as páginas com orelhas de uma edição de *A Sociedade do Anel*, esperando meus amigos chegarem para que pudéssemos dirigir até o cinema e assistir o primeiro filme de *O Senhor dos Anéis* pela primeira vez, à meia-noite. Se você estiver lendo esses ensaios em ordem, vai saber que existe uma tradição maluca entre meus amigos e eu de irmos juntos assistir a estreias de grandes filmes geek, e a de *A Sociedade do Anel* foi a mais antiga e a mais estranha.

Nem preciso dizer que se seu senhorio não usa sapato, dorme no quintal e é um criminoso foragido em potencial, as pessoas não tocam a campainha da sua casa. Ao invés disso, só entram. Em certas partes de Mesa, Arizona, vive-se *Breaking Bad* o tempo inteiro. Então, quando ouço um grito lá embaixo "Os bruxos chegaram!", já sei do que se trata. Meus melhores amigos, Billy e George, entraram na casa e estavam fantasiados, prontos para a estreia. A questão é: eles não estavam vestidos como personagens de *O Senhor dos Anéis*, mas como ridículos e genéricos bruxos, com robes de poliéster. Havia luas crescentes e chamas bordadas nos robes. Os nomes autoproclamados por eles eram "Bruxo Fro-Ty" e "Bruxo Irwin". George nunca leu um rodapé que fosse de Tolkien e Billy era mais fã do que eu, no entanto, ambos tinham conspirado para criar fantasias de bruxo intencionalmente ridículas para usar em nossa ida ao cinema.

Abaixei minha cabeça de vergonha e nos esprememos na minha picape durante os 15 minutos até o cinema.

Claro, todos que estavam acampando do lado de fora do cinema odiaram aqueles bruxos falsos, o que não impediu os dois de "lançarem feitiços" sobre estranhos aleatórios ou cantarem em voz alta cânticos sem noção para encantamentos que não eram verdadeiros. Se você já viu a filmagem de "Triumph the Insult Comic Dog" sacaneando as pessoas na fila para *Star Wars*, isso era bem parecido. A história de "George Lucas é virgem" que criamos anos depois era comportada perto disso, uma vez que George e Billy, em seus coloridos e ridículos robes de bruxo, estavam na verdade torturando gente vestida de verdade de Gandalf e Aragorn. Escutei muitos dos elfos e hobbits fantasiados na fila murmurar: "Esses caras mais parecem fãs de *Harry Potter*! Que perdedores!".

O ápice do esquema maligno de George e Billy ocorreu quando uma estação de televisão local apareceu para noticiar os fãs de Tolkien na fila para o primeiro filme de *O Senhor dos Anéis* e entrevistou George e Billy aos invés dos fãs de verdade. Eles eram mais engraçados, chamavam mais atenção e preenchiam o estereótipo do que os repórteres procuravam, sendo que estes últimos provavelmente nunca tinham lido uma linha de Tolkien. Minha mãe até conseguiu gravar parte dessa ação em VHS, e guardava ao alcance da mão para quando alguém conhecido (normalmente eu) aparecesse na televisão por ser ridículo.

Aqui vai algo assustador: se Tolkien nunca tivesse escrito sua sequência para *O Hobbit*, se nunca tivesse decidido que Gollum era um monstro caído e viciado, se nunca tivesse aprendido a vender sua literatura e criado um personagem mais tradicional na forma de Frodo, se tudo tivesse se resumido a *O Hobbit*, os bruxos que você vê na fila para um filme geek seriam somente os que Billy e George criaram para seu trote. Meu amigos estavam captando sinais de uma dimensão paralela, na qual a fantasia nunca se bastou em si mesma e nunca começou a se levar a sério. Seus falsos bruxos vieram diretamente de uma dimensão em que nenhum de nós, graças a Deus, terá que viver. Um lugar onde Gandalf não é famoso, e Frodo não existe.

REGENERAÇÃO
Nº 9

VIVER EM MANHATTAN DE SEGURO-DESEMPREGO pode te ensinar lições óbvias sobre responsabilidade financeira no que se refere ao preço cada vez mais alto do litro de cerveja, mas também pode te mostrar como você gerencia mal o seu tempo. Você desempregado é quem você é na realidade, e se não gosta dessa pessoa, precisa descobrir como mudá-la. Em fevereiro de 2008, eu estava sublocando um apartamento no centro de Manhattan, vivendo aos trancos e barrancos e aos poucos perdendo a noção das coisas. Em Nova York, "aos poucos" significa "bem rápido", porque entendemos cientificamente que o tempo passa mais rápido nessa cidade. Em uma porção de histórias de *sci-fi*, as pessoas parecem envelhecer rapidamente porque o tempo foi acelerado ou retardado. É exatamente assim que funciona falir em Nova York.

Depois de ser dispensado de um emprego em um restaurante bacana de que eu gostava e de cambalear na beira do tédio volta e meia em um relacionamento com uma pintora, meu humor amargo não foi auxiliado pelo fato de estar assistindo toneladas de episódios de *Battlestar Galactica*. Como muitos de vocês, estou completamente ciente de que *BSG* foi/é uma das melhores coisas relacionadas a ficção científica a acontecer na televisão, e discussões intermináveis a respeito de quem era o Cylon final certamente deram origem a nichos de sites dedicados exclusivamente a debates geek[35]. Mas também é fato que *BSG* é deprimente pra caramba, particularmente na quarta temporada. O que se passa por humor ou por momentos empolgantes na série é o

35 Tor.com e io9 foram ambos lançados em 2008.

equivalente aos soldados assobiando no início de *A Ponte do Rio Kwai*[36]. Não estou dizendo que não seja um ótimo programa – porque é – só estou dizendo que assistir o almirante Adama, encher a cara e CHORAR porque *BSG* criou uma versão falsa da Terra cheia de esqueletos robôs, não estava ajudando muito na minha busca por um emprego, muito menos a diminuir a escuridão nebulosa de gororoba se espalhando pelo meu cérebro. Agora entramos em *Doctor Who* e a "Era David Tennant" que salvou minha vida.

Meu pai, claro, tentou me empurrar o *Doctor Who* dos anos 1970 e 1980 quando eu estava crescendo, mas, na época, eu era como a maior parte dos clássicos fãs americanos pré-2005 do seriado: não tinha ideia do que estava acontecendo em qualquer episódio que passasse. Se você já leu sobre minhas experiências de infância com *Barbarella*, então pode imaginar qual era o ângulo de interesse do meu pai na encarnação Tom Baker de *Doctor Who*. Uma pista: não era o cachecol comprido do cachorro-robô. O *Doctor Who* das antigas pode não ter sido capaz de competir com o *Star Trek* de então no quesito mulheres seminuas, mas com coadjuvantes como Leela (Louise Jameson) e Peri (Nicola Bryant), certamente tentou. Fiquei tocado ao saber que os estudiosos do *Doctor Who* contemporâneo se referem a essas personagens como "para os papais".

Então, antes de saber da existência do novo *Doctor Who* em 2005, eu estava entre a vasta maioria dos fãs americanos

---

36 Não está relacionado com o assunto, mas adoro lembrar às pessoas que, além do grande romance *A ponte do Rio Kwai*, o outro livro escrito por Pierre Boulle foi *Planeta dos Macacos*. Sério, eu nunca consigo ficar calado sobre isso quando as pessoas falam de "Kwai", "macacos", "David Lean" e, ocasionalmente, "Alec Guinness".

de *sci-fi* que acreditavam que o nome do personagem não era realmente "o Doutor", mas, ao invés disso, "Dr. Who", e que ele era um cara esquisito com um cachecol gigante que lutava contra insuportáveis robôs chamados "Daleks", que pareciam versões gigantes de R2-D2 misturadas com partes de vaso sanitário.

Vídeos em *streaming* ainda eram uma porcaria em 2008, e conseguir assistir a *Doctor Who* na TV a cabo era bem difícil. Felizmente, o programa todo até a terceira temporada estava no Netflix, o que significava que eu teria algo para preencher meu tempo livre entre beber horrores e assistir outro episódio de *BSG*, no qual todo mundo também bebia horrores. De início, não funcionou muito bem, já que o *Doctor Who* de 2005, relançado com Christopher Eccleson, não serviu pra mim. Ele usava uma jaqueta de couro. Ele palestrava para Rose (Billie Piper) sobre o quanto ela era burra. E randomicamente chamava seres humanos de macacos. Era babaca e inglês demais, até pra mim. Ainda assim, tirei algum aprendizado daquilo. Descobri que aquelas imitações de R2-D2 – "Daleks" – não eram robôs, mas combinados de ciborgues mutantes, e que, apesar de amar o Doutor em si, o programa era, de alguma forma, a coisa mais progressista que eu já tinha visto. Muito tem sido escrito sobre o capitão Jack Harkness (John Barrowman), o cara durão pansexual que se une ao Doutor e Rose na segunda metade da primeira temporada, e conte comigo entre aqueles que ficavam de queixo caído quando ele mandava suas cantadas dúbias e não-binárias para o Doutor e Rose ao mesmo tempo. Esse estranho programa de *sci-fi* estava fazendo mais pela política sexual do que *Battlestar*, isso era certo!

Só porque algo está alinhado com suas convicções políticas não significa que se torne automaticamente seu programa de TV favorito, e ainda que eu tenha gostado da primeira temporada de *Doctor Who*, o Doutor de Eccleston (que hoje em dia eu simplesmente adoro) era muito depressivo pra mim. Se solidarizar com os sobreviventes de *sci-fi* e fantasia faz parte de amar esse tipo de herói (os pais de Batman levam tiros, a casa de Luke Skywalker é incendiada, Dorothy Gale entra num tornado e acidentalmente se torna uma assassina), mas o nono Doutor de Eccleston não conseguiu me tirar do limbo em que eu estava vivendo. No entanto, quando de repente ele se torna UMA PESSOA COMPLETAMENTE DIFERENTE no episódio final da primeira temporada, "A Separação dos Caminhos", dei um grito de alegria. A noção de regeneração de *Doctor Who* – a ideia de que um herói possa se tornar uma nova pessoa – é profundamente provável, uma vez que é uma inversão hiperbólica do quanto as pessoas estão desesperadas por promover mudanças nas próprias vidas.

Nesse ponto, para aqueles que realmente ainda não sabem o que é *Doctor Who* ou de que diabos estou falando, aqui vai um breve resumo. Em 1963, o mundo (principalmente a Inglaterra) teve sua primeira amostra de um cara chamado Doutor, um velho irascível, interpretado por William Hartnell, que por acaso é um alienígena centenário capaz de viajar no tempo e espaço usando uma máquina chamada TARDIS, que significa "*Time and relative dimension in space*" [Tempo e dimensão relativa no espaço]. Essa máquina do tempo/nave espacial tem o formato de uma cabine telefônica da polícia dos anos 1950, pois possui uma gambiarra que permite que se misture aos seus arredores. MAS, porque essa gambiarra deu problema, a cabine só se parece uma cabine telefônica da polícia, por fora. Por dentro, é muitíssimo maior, devido à mágica da ficção científica, fazendo com que seu interior se pareça mais com o lado de dentro da bolsa de

Mary Poppins do que com uma nave de *Star Wars*[37]. Desde o princípio, o Doutor é um herói doido, não-machista, contra a violência, e muito inteligente. Ele está mais pra Sherlock Holmes que pra James Bond, mas mais gentil do que ambos. E, ao contrário de Bond e Holmes, quando esse personagem teve de ser interpretado por outro ator, houve uma explicação racional de verdade para isso.

Quando William Hartnell se tornou frágil demais para interpretar o Doutor e foi substituído pelo ator Patrick Throughton, os roteiristas acharam que precisavam explicar por que o personagem parecia diferente[38]. Na verdade, eles também tentaram explicar por que ele *agia* diferente. Uma vez que ele era um alienígena Senhor do Tempo do planeta Gallifrey, poderia se transformar em uma nova pessoa também chamada Doutor, que reteria todas as suas memórias anteriores, mesmo sendo um homem diferente. Houve treze "Doutores" desde a transição de Hartnell para Throughton, à medida em que o programa continuou. Esse processo passou a ser chamado de "regeneração". Os episódios de regeneração de qualquer era de *Doctor Who* estão sempre entre os maiores e mais emotivos para os fãs, e são também muito estranhos para quem não está familiarizado com o programa[39]. Protagonistas com a habilidade de pressionar o botão de reiniciar, presumidamente até em

---

37 Donna Noble teve uma ótima sacada a respeito disso em "Planeta dos Ood", quando, ao ver uma nave mais tradicional, exclama: "Um foguete apropiado de verdade! Agora sim, é isso que eu chamo de "nave espacial"! Você tem uma cabine, ele tem uma Ferrari!".

38 Esse episódio foi parte de uma série especial chamada *O Décimo Planeta*, escrita por Kit Pedler e Gerry Davis.

39 As pessoas piram com isso – choram litros e tudo mais –, o que aconteceu especialmente quando Tennant foi embora. Minha amiga

relação a seu gênero[40], são um bizarro fenômeno narrativo em qualquer ficção e, pelo que sei, exclusivo de *Doctor Who.*

Controversamente, Christopher Eccleston só fez uma temporada do *reboot* de *Doctor Who*, então imediatamente novos fãs no mundo vivenciaram não só seu primeiro Doutor, como também seu primeiro episódio de regeneração. Depois de dar conta dos Daleks e absorver o vórtice de tempo (existem muitos vórtices em *Doctor Who*), o Doutor está exausto e explica a sua amiga Rose (e para a audiência) que ele vai "mudar". É um grande momento, bastante tocante, e, ao mesmo tempo em que Eccleston solta o seu jargão, "fantástico", luzes douradas saem de seu pescoço e braços e BAM!, ele tem um cabelo modernoso e é David Tennant! Eu fiquei chocado, um pouco irritado, mas, acima de tudo, empolgado. Como pode isso? Será que esse programa estaria se tornando feliz? Existia esperança para todos nós?

A resposta foi um "sim" histérico, porque a interpretação de Tennant do Doutor (pelo menos nas primeiras

---

Emily Asher-Perrin escreveu um ensaio sobre isso chamado "Quando o Doutor não é mais o seu Doutor: Como sobreviver à regeneração", para o site Tor.com em dezembro de 2013, logo antes de Matt Smith sair. É incrível!

40 A versão contemporânea do programa estabeleceu que Senhores do Tempo podem regenerar seu gênero, e o fazem. O Mestre, o nêmesis masculino do Doutor há muitos anos, retornou na oitava temporada, em 2014, como Michelle Gomez interpretando "A Amante". O antigo programa costumava chamar Senhores do Tempo mulheres, como Romana Mary Tamm, depois regenerada em Lalla Ward, de "Damas do Tempo". Todos os dias na internet, todos (inclusive eu) se perguntam se o Doutor algum dia se tornará uma. Meu voto pessoal para uma futura Doutor feminina é para Michelle Dockery.

temporadas dele), não é depressiva de forma alguma. Com seus ternos ajustados, cabelo insano, gestos cheios de manias e tênis Chuck Taylor, essa versão do Doutor era um hipster completo, embora sem a ironia depressiva. Para mim, sentado sozinho em um quarto alugado de Manhattan, pensando no que fazer da vida, lutando contra qualquer tipo de depressão que qualquer um em seus vinte e poucos anos acaba tendo, o novo Doutor era uma revelação! Eu usava Chuck Taylor e paletó *também*. Eu gostava de exclamações de aprovação exageradas também. Em uma semana, *Doctor Who* me tirou do "ah, não" dentro da minha cabeça para o "AHHH, SIM!" de David Tennant. Eu estava calçando meus "Chucks" e saindo de casa com maior frequência, bebendo menos, procurando por um novo trabalho, levando minha escrita mais a sério. O *reboot* de *Doctor Who* para o Tennant me mostrou que um dos clichês mais embaraçosos sobre a vida é verdade: quando uma porta se fecha, outra se abre.

Além disso, eu ainda estava duas temporadas atrasado, e todo mundo sabe que se dedicar a assistir qualquer coisa incrível junto com um novo senso de propósito é como ter uma epifania de placebo a cada quarenta e cinco minutos. Não estou bem certo se os terapeutas devem prescrever assistir obsessivamente alguma coisa, mas, nesse caso, funcionou pra mim.

Havendo contrariedade a respeito do Doutor de Eccleston, agora ela parecia sem fundamento, já que os novos telespectadores não haviam passado por nada junto com ele, como por exemplo não ver seu planeta Gallifrey ser destruído em uma guerra gigante[41]. Mas se você tivesse se converti-

41 EMBORA, quando chegamos a assistir o período da guerra em vários episódios, mais notavalmente "O dia do Doutor", não serviu

do em fã de *Doctor Who* pouco antes da era Tennant, então se sente como se já tivesse sofrido algo com ele: você se lembra de quando ele era Eccleston. E passou pelo luto da perda dessa identidade junto com ele porque, no primeiro episódio de verdade de Tennant, "A invasão do Natal", ele tem de convencer a primeira ministra da Inglaterra, Harriet Jones (Penelope Wilton)[42], que ele é o mesmo homem que Eccleston, e isso é loucamente doloroso, porque você ao mesmo tempo ama esse novo Doutor e, estranhamente, sente saudades do outro, mais velho e mais reclamão. E pelo final da primeira temporada do ator, o brilhante comandante do programa, Russel T. Davies, atinge seu objetivo de mexer com as cordas de seu coração ao banir a namorada/melhor amiga do Doutor, Rose Tyler, para uma dimensão alternativa, nos fazendo lembrar de que mesmo quando você tem uma nova chance na vida e, intencionalmente, se tornou mais feliz, coisas ruins (Cybermen) ainda podem acontecer.

As próximas duas temporadas e meia da estabilidade de emprego de David Tennant o mostram perpetrando o amor não correspondido ao ignorar as piscadas de olho da pobre Martha Jones (Freema Agyeman), tanto quanto encontrando velhos inimigos e fazendo uma nova melhor amiga na forma de Donna Noble, interpretada maravilhosamente por

---

muito para nos causar emoção, em maior parte porque os Senhores do Tempo pareciam tão genéricos e brancos. Ainda assim, fez um trabalho melhor do que, digamos, quando nos foi mostrado por que Anakin Skywalker foi para o Lado Negro da Força em *A Guerra dos Clones*. Algumas guerras, sejam de clones ou de tempo, deveriam permanecer fora das telas.

42 Também conhecida como a mãe de Matthew Crawley em *Downton Abbey*.

Catherine Tate. A fórmula de *Doctor Who* quase sempre incluía uma "acompanhante" na forma de uma mulher que anda com o Doutor por razões muitas vezes dúbias, confusas e, ocasionalmente, ofensivas. A Donna Noble de Tate permanece, até os dias de hoje, uma sacada de mestre da série sobre como inverter as expectativas e criar uma dinâmica de personagens interessante e duradora. Donna e o Doutor não têm tensão romântica e são, em essência, um dueto de comédia. Eu assisti à temporada de Donna (a quarta) em tempo real em 2008, porque já tinha alcançado a série nesse ponto, e ainda é minha favorita de todos os tempos de *Doctor Who*. A mensagem pra mim foi simples: você pode mudar toda a sua vida e perder seu amor, mas amigos bons de verdade são REALMENTE difíceis de se conseguir, principalmente se você viver uma aventura intergaláctica.

*

Houve dois Doutores desde David Tennant: Matt Smith e o cara atual, Peter Capaldi. A regeneração do Doutor a cada poucos anos é brilhante, primeiro porque remove um senso de ego do personagem e do programa. Claro, já tivemos vários caras interpretando o Batman ao longo dos anos, mas é um personagem escondido detrás de uma máscara. Além disso, com programas de televisão é diferente. Uma *sitcom* chamada *Frasier* não funcionaria se de repente uma nova pessoa aparecesse para interpretar Frasier, ou se o Frasier se regenerasse em um novo psicólogo de rádio que agora fosse inexplicavelmente interpretado por Gilbert Gottfried. Ainda assim, isso é exatamente o que *Doctor Who* faz: sacode as coisas de tempos em tempos, se adapta, evolui e muda ao fazer isso. Algumas vezes, essas mudanças são pequenas e seguras (os Doutores interpretados por Tennant e seu sucessor, Matt Smith, não são tão diferentes). E, às vezes, são bem maiores (o Doutor de Peter Capaldi é beeeeeem diferente de qualquer um desde 2005). Ainda, por ser um ator diferente, a mudança é radical e, ao mesmo tempo, os telespectadores precisam acreditar que se trata da mesma pessoa, ainda que ele pareça e aja de forma completamente diferente.

Acho que isso dá a mim e a outros fãs de *Doctor Who* fortes sensações, porque é o oposto da vida real. Na vida real, nós mudamos, mas essencialmente parecemos os mesmos. O Doutor é o inverso, porque permanece o mesmo, mas parece e age diferente. Sua alma é salva e suas memórias ficam intactas, mas ele pode seguir em frente, deixando a bagagem da vida passada para trás, totalmente perdoado e literalmente renascido. As metáforas a Cristo são um pouco óbvias, uma vez que o Doutor de vez em quando morre ao salvar a todos e, no caso do Tennant, estende os braços como se estivesse sendo crucificado, em "*The End of Time*" [O fim dos tempos].

E mesmo assim, acho que o processo de regeneração é mais interessante se pensarmos nele como o fim de um relacionamento. Como terminar com alguém. Você não morre num término de namoro, mas certamente se sente como se estivesse morrendo. Você tem boas lembranças daquela pessoa, mas também de quem *você* era naquela relação. O Doutor, na essência, termina consigo mesmo toda vez que se regenera, e como nossos corações se quebram com sua partida, ele imediatamente conserta com uma nova pessoa, que também é *ele mesmo*. Não é de se admirar que na realidade ficcional de *Doctor Who*, sua anatomia alienígena inclua dois corações: um para agora, um para mais tarde.

Pouco antes da cena de sua regeneração em "A Hora do Doutor" de 2013, o Doutor de Matt Smith, usando gravata borboleta (um hipster ainda maior do que o do Tennant), diz "Todos nós mudamos. Quando você pensa nisso, todos somos pessoas diferentes ao longo de nossas vidas. Mas está tudo bem, você precisa continuar seguindo em frente, desde que sempre se lembre de todas as pessoas que costumava ser". Isso é um espelho de como vivemos nossas vidas, de como na verdade deixamos pra trás nossos "nós mesmos" passados e, paradoxalmente, honramos a eles ao falarmos de nosso passado constantemente. Dessa forma, o processo de regeneração de *Doctor Who* deveria ser obrigatório para todos que querem escrever suas memórias assistirem. Ou, pelo menos, para os que escrevem sobre escrever memórias. David Shields, estou esperando do lado do meu telefone (ou da minha cabine): você tem visto *Doctor Who*?

Ao longo dos anos, desde que me tornei um fã de *Doctor Who* mais profissional, fiquei mais ligado nos pontos fortes e fracos do show do que depois de vivenciar aquela primeira regeneração. Em qualquer Comic-Con você verá centenas de pessoas usando uma camiseta que diz: "Você nunca esquece seu primeiro Doutor", e acho que eu acrescentaria: "Você nunca se esquece do primeiro Doutor com quem se regenerou". Mesmo que ele não seja Tennant, passei a amar cada vez mais o sucessor mais jovem (exatamente da minha idade) dele, Matt Smith, mas talvez não por nada específico que o ator tenha feito. Em 2010, durante outro momento de mudança e reinvenção na minha vida – dessa vez, o término de um relacionamento e começo de um novo emprego – o Doutor de Matt Smith me apresentou uma espécie de ultimato emocional: você vai se desprender de David Tennant ou não? Você está tão comprometido com o passado que é incapaz de seguir em frente?

Nunca tive gravata borboleta, mas, na época, antes do começo da era de Matt Smith, eu estava sempre com sua jaqueta de tweed com remendos nos cotovelos. Nem preciso dizer que as pessoas presumiam que eu usava Chuck Taylors ou jaquetas de tweed por ser um grande fã de *Doctor Who*, e mesmo que eu costumasse corrigi-los, apontando que já curtia as duas coisas antes de Tennant e Smith, não faço mais isso. Uma das coisas legais da série é que transforma tênis em sapatos espaciais, gravatas borboleta em uma medalha de heroísmo e jaquetas comuns em uniformes de super-heróis. No último episódio da oitava temporada, "Morte no Paraíso", Osgood (Ingrid Oliver), a representante do *fandom* de *Doctor Who* no próprio universo narrativo, mistura Smith e Tennant ao usar ao mesmo tempo uma gravata borboleta e Chucks vermelhos, me trazendo a boa lembrança de quem o Doutor costumava ser, dessa vez refletido no rosto de uma fã. Fãs de *Doctor Who* são muitas vezes bem diferentes dos de qualquer outra coisa geek, e isso é porque a dor da constante mudança está costurada a um tolo épico da ficção científica, estrelando uma pessoa que veste roupas como as suas.

Se *Doctor Who* fosse um diário de memórias da vida real, talvez fôssemos membros da pretensa família do Doutor, que também não sabem se não somos o Doutor nós mesmos. Nós nos tornaremos nossos pais e mentores? Eles se tornarão nós? Eles já se tornaram?

NÃO, LUKE, CAPITÃO KIRK É SEU PAI

ME PERGUNTAR SE GOSTO DE *Star Trek* é como perguntar a um muçulmano se é legal celebrar o Ramadã. Não consigo me lembrar de uma época em que "Star Trek" não estivesse em meu vocabulário, e nas discussões sobre programas favoritos de TV no playground em 1991, eu sempre dizia "*Star Trek* é meu preferido, mas não *o novo*!". Por que eu era esnobe quanto *A Nova Geração*? Não porque não amasse e respeitasse *A Nova Geração*, só não era exatamente a religião a que eu pertencia. Existem diversos tipos de cristãos, assim como existem tipos de fãs diferentes de *Star Trek*.

Isso não quer dizer que exista algum tipo de mania *trekkie* obsessiva na minha casa. A poltrona do meu pai não foi modificada para parecer a cadeira de comando do Capitão Kirk, e meus pais não vestiam a mim e à minha irmã com fantasias de Klingon. E, mesmo que eu fosse o único a curtir os brinquedos e colecionáveis um pouco, assim como todo mundo, eu não era tão devoto assim. *Star Trek* era como uma religião na minha casa, mas não por causa de rituais ou crenças. Ao invés disso, o conhecimento do clássico *Star Trek* era um *presente*. Se meus amigos católicos sabiam fazer o sinal da cruz depois de dizer "amém", por puro instinto, minha irmã e eu sabíamos fazer o gesto Vulcano de "Vida longa e próspera" como um rápido sinal de amizade. Era natural na minha família mencionar o termo "fusão mental" na mesa de jantar, e no final de um longo dia ensinando crianças do ensino fundamental na escola, não era incomum minha mãe dizer que estava na "velocidade de impulso", ao se deixar cair no sofá, e depois explicar que "seus cristais de dilítio estavam ficando escassos". Religião de verdade é sobre jargão e conforto, o que é tudo a respeito de amar *Star Trek*.

Olhar para *Star Trek* como uma religião meia-boca torna mais fácil pra mim justificar por que eu sempre me sinto a única pessoa que "entende". Mesmo em círculos geek existe uma desproporção perturbadora na quantidade de atenção voltada para os clássicos filmes do período entre 1979 a 1991, especialmente para *A Ira de Khan*, de 1982. Todo mundo irá te dizer que esse é o melhor filme de *Star Trek*, e eles estão certos. No entanto, *A Ira* não alcança esse status simplesmente por haver uma porção de tiros e explosões ou por Kirk gritando "KHAAAAAAAAN", ou mesmo por Spock ser morto de mentira. O real motivo para o filme ser essa coisa toda é porque incorpora literatura clássica nos temas básicos da história.

Kirk e Spock citam Dickens – especificamente *Um conto de duas cidades* – ao longo de todo o filme e Khan cita *Moby Dick*, de Melville. A cada dois anos na cidade de Nova York ocorre uma Maratona de *Moby Dick* à qual eu assisto (e uma vez participei lendo), e juro por Deus, alguém sempre se vira pra mim e silenciosamente move os lábios dizendo a palavra "Khan!" durante o momento "Do coração do inferno, eu apunhalo você!" do livro. *Star Trek* ama tanto *Moby Dick* que o único filme bom de *A Nova Geração* – que é *Primeiro Contato*, de 1996 – até fez o capitão Picard ficar mais legítimo ao dar a ele um discurso do personagem Ahab e declarando o filme todo, assim como *A Ira de Khan*, uma homenagem *sci-fi* a *Moby Dick*. A capitã Janeway, do subestimando *Star Trek: Voyager*, faz nuances de Ahab em mais de uma ocasião. Em "*Equinox*" [Equinócio], ela fica tão irritada com o colega imoral, capitão Starfleet, que quase consegue fazer com que toda a sua tripulação se volte contra ela em sua missão por quase-vingança. No episódio final da série toda, "*Endgame*" [Fim de jogo], Janeway aparece com uma espécie de viagem no tempo ao tentar reescrever sua própria história destruindo sua própria baleia branca, a Rainha Borg.

As conexões com *Moby Dick* em *Star Trek* provavelmente vêm do episódio "*The Doomsday Machine*" [A Máquina do Juízo Final], na qual a Enterprise encontra o capitão Matt Decker, cuja tripulação inteira foi assassinada por uma criatura espacial que se assemelhava a uma cornucópia. Esse cara parte de alguém que não parava de chorar para um psicopata que toma o controle da Enterprise em um minuto. *Star Trek* tem uma porção de capitães e de naves, então as conexões náuticas e os papéis dos personagens naturalmente permitem que Ahab venha à superfície constantemente. O roteirista/diretor Nicholas Meyer foi esperto o suficiente não só para injetar coisas de Melville em *A Ira de Khan*, mas também para basear livremente o filme no romance. Essa também é a razão pela qual o filme de J. J. Abrams de 2013, *Além da Escuridão - Star Trek* é uma porcaria. Não há literatura nele! De dar o nome de um de seus melhores episódios, "*This Side of Paradise*" [Este lado do paraíso], em homenagem a Scott Fitzgerald, até citar Shakespeare constantemente, mesmo *Star Trek* ruim é elevado pelo uso da literatura clássica. Assim como seu sucessor capitão Picard, o capitão Kirk também está por dentro dos clássicos, especificamente Shakespeare, desde o começo. O episódio da série original "The Conscience of the King" [A consciência do rei], dá início à toda a tradição de *Star Trek* usar os livros e ser obcecada em mostrar o quanto todo mundo no programa se importa com a leitura. Seria um pouco depreciativo dizer que bom *Star Trek* só funciona quando há literatura tradicional ocidental por trás, e não é realmente isso que eu quero dizer. Ao invés disso, essa coisa literária é um sintoma positivo de quando a franquia está em sua melhor forma.

O bom *Star Trek* se iguala na busca da alma pela natureza básica da humanidade, o que ocasionalmente significa que a escrita sempre seguirá em direção à literatura famosa.

Em um terrível episódio de *A Nova Geração* chamado "*Hide and Q*" [Esconde-e-Q; a pronúncia soa como "Esconde-e-Mate"], o imberbe comandante Riker é tentado com poderes divinos por seu oponente multidimensional conhecido somente como "Q". Q zomba do capitão Picard a respeito da fragilidade e falta de propósito dos seres humanos, o que dá a ele a oportunidade de fazer sua coisa favorita quando alguém discorda dele: sintonizar Shakespeare. Picard solta "Que obra de arte é o homem", discurso de *Hamlet*, e o torna uma retribuição heroica. No contexto de *Hamlet*, essa fala e as que a sucedem não são necessariamente heroicas, mas com Picard, o discurso se torna algo diferente. Isso está no coração da relação bem-sucedida de *Star Trek* com a literatura; mesmo nas coisas ruins da franquia, ela não copia ou faz homenagens pobres; e sim, traduz os temas e referências criativamente. O giro que *Star Trek* dá na literatura é popular e não inteiramente diferente de um rapper que faz uma amostragem de outro artista (geralmente mais antigo). Quando Puff Daddy se apropriou da melodia de *Every breath you take* do The Police, para fazer *I'll be missing you*, o sentido da canção original foi mudado. Ao mesmo tempo em que essa é uma mudança radical, não acho que seja tão diferente de Picard transformando o discurso triste de *Hamlet* para um choro digno de moldura a respeito de porquê os seres humanos são o máximo.

Khan é inicialmente um grande fã de *Paraíso Perdido*, de Milton, em "*Space Seed*" [Semente espacial], mas ele o troca por Melville em *A Ira de Khan*. Enquanto Khan morre, recita a versão de Ahab do discurso "Do coração do inferno, eu apunhalo você!". Mas, ao invés do aspecto trágico do texto original, a apropriação alternativa de Melville é o que torna Khan mais desiludido e empático. E isso porque Kirk não é a baleia branca, e ele não feriu Khan especificamente da forma que Moby Dick feriu Ahab. Ao tornar a baleira branca uma pessoa e Ahab ainda mais desiludido, essas palavras de *Moby Dick* tomam um significado analogamente misturado de sua fonte. Se o Sydney Carton de Dickens é uma deixa para Kirk no início do filme – babaca e confuso – então Spock é Carton no final: heroico, humilde e morto. Só para o caso de você ter perdido isso: *A Ira de Khan* praticamente começa com Kirk atrapalhando-se com "Era o melhor dos tempos, era o pior dos tempos" e termina com ele fazendo a marca registrada de William Shatner "eu estou apenas descobrindo essas palavras à medida em que elas vêm pra mim", na rendição em "É uma coisa muito, muito melhor que eu faço do que eu jamais fiz antes. Um lugar muito melhor para se descansar... para eu ir... do que... eu jamais conheci".

Nós já sabemos que o principal rival de *Star Trek*, *Star Wars*, não tem nenhum de seus personagens lendo ou falando sobre livros, mas como essa outra franquia se sai em termos de fazer referências ou homenagens a livros? Bom, nós estamos bastante presos a coisas como Homero, a Bíblia e – todo mundo junto, agora – qualquer coisa de que Joseph Campbell fale em *O Herói de Mil Faces*. Fãs e estudiosos de *Star Wars* têm por décadas adorado apontar que os arquétipos de Jung presentes na saga estão alinhados com as teorias de Joseph Campbell sobre a jornada do herói. Por isso *Star Wars* é genial e profético, e por isso somos apaixonados por essa história. Todos estão certos sobre isso, mas, porque é tão óbvio e tão rápido de explicar – por que amamos *Star Wars* –, não se torna mais profundo ou interessante. É uma frase que em si encerra uma conversa, ao invés de iniciar uma. Porque o que se perde em perceber as coisas de Jung em *Star Wars* é a conclusão de que seus filmes (pelo menos os três clássicos) são fáceis de gostar. Costumamos dizer que *O Império Contra-Ataca* é o melhor de todos eles porque, como leitores inteligentes, sabemos que não é maneiro gostar de uma obra de narração que tenha um final feliz. Esse argumento cai por terra rapidamente quando consideramos que todos os filmes da segunda trilogia são totalmente depressivos, mas o são por motivos diferentes: eles são filmes ruins[43].

A simplicidade da religião de *Star Wars* é tão óbvia que indica que ali não há religião alguma. A espiritualidade é uma deixa para qualquer coisa que você quiser inserir ali. A Força é um apanhado geral de espiritualismo New Age, vago o suficiente para que você possa sentir-se bem a respeito dele e maneiro o suficiente para ser uma ótima engrenagem de enredo, permitindo que os personagens façam banquetes de magia. A generalidade de *Star Wars* é sua força primária, e se você pensar que estou errado, considere isso: a segunda trilogia é tida como ruim por diversas razões. Mas uma razão com a qual todos concordam é que "explicar" um aspecto técnico da Força quase a destrói. Os detalhes de *Star Wars* – tanto morais quanto técnicos – não são tão importantes quanto os golpes dos sabres de luz. A franquia apresenta respostas simples – ou, pelo menos, alegorias – para os problemas da vida. Não estou dizendo que *Star Wars* tenha uma forma idiota e inferior de contar histórias, mas se é

43 Eu gosto da ideia de que deveríamos gostar dos filmes e romances ruins porque refletem com muito mais precisão a experiência humana do que os bons. Mas eu temo que já viva nesse mundo ruim um pouco e não tenho vontade de torná-lo pior.

como Homero – épico, tocante e distante – então *Star Trek* é mais como Dickens. Em resumo, *Star Trek* é sobre humanos cheios de falhas, enquanto *Star Wars* é a respeito de deuses.

As histórias de *Star Trek* nunca são focadas em tentar te livrar de ser uma má pessoa em definitivo para se tornar uma pessoa boa. Enquanto isso, *Star Wars* é totalmente preto-e-branco em seu compasso moral[44]. Luke se afasta do Lado Negro da Força por pura força de vontade, mas, na vida real, abandonar nossas tendências negativas não é tão simples assim.

Star Trek e *Star Wars* enxergam as falhas pessoais de formas diferentes: embora ambas sejam amplas e metafóricas, são completamente opostas na maneira como mostram o perdão. Em *Star Wars*, é necessário que você seja perdoado pelas outras pessoas. Darth Vader é redimido porque Luke o perdoa. Han para de agir como um palhaço porque Leia o perdoa por isso. A audiência constantemente perdoa C-3PO. Você entendeu. Mas não é assim que *Star Trek* lida com responsabilidade individual, definitivamente. Ao invés disso, o lado "babaca" de todos nós (o Lado Negro) é encorajado, e conhecido como parte da vida de qualquer um, o que quer dizer que *Star Trek* está constantemente falando sobre o quão bestas todos nós somos, e como na verdade isso é bem normal. A culpa pessoal é tão central nessa franquia que *Voyager* constantemente descrevia sua personagem principal – a capitã Janeway – agarrando-se à culpa pessoal dela por entrar com sua nave do lado errado da galáxia. Quase toda semana, com uma xícara de café em sua mão, Janeway fazia um discurso a alguém sobre uma maneira pouco ética

44 Nós perdoamos Luke Skywalker pelo genocídio de todos que vivem na Estrela da Morte, por exemplo.

de levar sua nave, a Voyager, de volta pra casa mais rápido e, assim que a pessoa ia embora, ela se virava e olhava para o espaço (as pessoas fazem isso literalmente em *Star Trek*), nos mostrando que ela também está sempre à beira de quebrar todas as regras.

*

James T. Kirk sempre foi uma pessoa perigosa em minha vida precisamente por todo o relativismo moral que *Star Trek* acidentalmente expõe. Diferente de Luke Skywalker, Kirk na verdade não é um herói que pense demais sobre que tipo de pessoa é, mas uma pessoa que se foca no que pode se dar bem. Kirk é um líder interessante, mas não é um modelo de caráter, e eu nunca vou ser capaz de afastar o pensamento de que ele me lembra meu pai. No famoso ensaio de *Star Wars* de Chuck Klosterman, "Sulking with Lisa Loeb on the Ice Planet Hoth", ele aponta que tantas pessoas se conectam à história porque todos nós temos medo de nossos pais ou os odiamos. Debater isso seria sem propósito, porque é tão certo que nem é engraçado. E ao mesmo tempo, acho que os pais das pessoas são Darth Vaders em alguns dias e capitães Kirk em outros.

Quando meu pai faleceu em 2012 de cirrose hepática avançada por beber demais, eu reagi como muitas pessoas o fariam: bebi demais. E quase seis meses depois, me encontrei olhando para uma garrafa de vinho vazia que eu havia consumido sozinho em meu quarto. Foi exatamente como quando Luke vê a mão mecânica de Darth Vader e depois para a sua: somos o mesmo tipo de babaca! As crianças herdam os defeitos e os defeitos em potencial de seus pais, e a ficção científica popular ou torna isso melhor ou muito pior. Luke tem a capacidade de chutar pra longe a tentação do Lado Negro porque ele é um grande cara. Mas, às vezes, ser um grande cara não é o bastante para tornar você a pessoa que você quer ser. Além disso, apenas perdoar Darth Vader não torna o que ele fez ficar "tudo bem", e se Luke tivesse conseguido manter ele vivo, pode apostar que todo mundo ia querer levar Vader ao tribunal por terríveis crimes de guerra. Eu tenho problemas com meu pai e talvez você também tenha, mas a maioria dos pais não é composta por criminosos de guerra.

No entanto, muitos pais são como o capitão Kirk. Pessoas que estão no comando de uma Enterprise aparentemente sem propósito, que estavam antes no comando de você, e que ocasionalmente têm mudanças de humor imperdoáveis. No episódio de 1966 "*The Evil Within*" [O inimigo interno], *Star Trek* apresenta o que seja talvez minha meditação favorita sobre a humanidade[45], quando Kirk é dividido em duas pessoas: sua metade boa e sua metade má. Inicialmente, isso é visto de uma forma muito simples: a metade ruim de Kirk deve ser impedida a qualquer custo! Ele sai bebendo demais e agindo com um bárbaro. Essa é uma versão de Kirk sem qualquer limite, uma sem autocontrole, totalmente agressiva, perigosa e cruel. E, ao mesmo tempo, o lado bom de Kirk aos poucos se torna um perdedor completo nesse episódio. O Kirk bom é ineficiente em tomar decisões, e parece que vai chorar só de ver cair um chapéu. Diga o que quiser sobre William Shatner e sua atuação exagerada, mas esse

45 Star Trek teve um pai verdadeiro, Capitão Sisko. Sisko é uma pessoa e um pai tão bom que não me estenderei sobre ele aqui. Você pode ler mais sobre ele no capítulo "A todos os McFly".

episódio sozinho demonstra que ele é capaz de alguma variedade. Com o bom Kirk sendo um fracote e o mau Kirk uma ameaça, a única solução para o problema é que o bom lado tome conhecimento do ruim, e que eles literalmente abracem um ao outro até que se tornem uma pessoa só novamente. James Kirk entende essencialmente que sem todas as suas tendências ruins, as que ele controla, não seria a pessoa que é. O potencial onipresente para a completa autodestruição é parte do porquê dele ser tão efetivo, confiante e bem-sucedido. Kirk não é maneiro a despeito de seu lado ruim, mas *por causa* dele. Se você odeia seus pais porque eles ferraram suas vidas, isso é, pra mim, a mesma coisa. Nunca estarei apto a perdoar meu pai completamente da maneira santa que Luke Skywalker perdoou o dele, mas estou disposto a entender que a parte de meu pai que mora em mim é um pouco como o Kirk Malvado.

Essa é uma ideia que segue com a saga por todo o curso dos anos 1960. Em "*A Taste of Armageddon*" [Uma Prova de Armageddon], a Enterprise chega a um planeta que aparentemente eliminou a guerra, apenas para descobrir que a sociedade de lá simulava a guerra com computadores, e ainda exigiam que as casualidades reportadas fossem parar no incinerador toda vez que aconteciam. Furioso com essa baboseira, capitão Kirk corre ao redor do planeta proclamando que bárbaro ele é, e explodindo os incineradores de todo lado para provar que a violência real é o porquê de a guerra ser evitada, e que confeccionar a guerra em uma equação natural é essencialmente desumano. O grande discurso de Shatner nesse episódio é sobre entendermos que talvez sejamos todos "assassinos", mas, talvez, "o instinto possa ser combatido". Todos os dias podemos acordar e decidir não sermos babacas. Às vezes teremos sucesso, às vezes fracassaremos, mas *Star Trek* afirma que é nessa batalha que nossa humanidade é mais verdadeira.

Acho que meu pai sacou isso. Pelo menos ele sacou quando eu era um garotinho, embora ele tenha claramente esquecido quando se tornou mais velho. Em *O Retorno de Jedi*, Vader diz a Luke que é "tarde demais para mim", o que provavelmente é a coisa mais triste em toda a saga. É fácil pensar em *Star Wars* como uma tragédia de família e em *Star Trek* como um infomercial político otimista, mas ambos têm mais nuances do que isso. O argumento presente é que *Star Trek* é uma visão esperançosa do futuro por causa da natureza pacífica da Federação e pela igualdade e equidade que apresenta entre as pessoas (e alienígenas!) de várias etnias e origens. Mas *Star Trek* também é a coisa mais esperançosa da ficção científica de todos os tempos porque afirma que você pode vencer a batalha interna de ser seu próprio inimigo – que nunca é tarde demais pra ninguém. Que é o porquê de não haver anjos caídos como Darth Vader em *Star Trek*, e as pessoas são forçadas a perdoar a si mesmas, não umas às outras.

*

Quando *A Ira de Khan* passava na televisão da minha casa (o tempo todo), meu pai aumentava o volume no sistema de som a níveis nada razoáveis. Ele mexia com o grave para triplicá-lo até que as paredes rangessem como o compactador de lixo da Estrela da Morte. Pais têm uma relação estranha com sistemas de som. É como se gerar outro ser humano demandasse que você fingisse entender tudo sobre caixas de som. De qualquer forma, meu pai aumentava tudo até o talo durante o grande final de *A Ira*, quando Khan fala o discurso de Ahab. Naturalmente, por muitos anos, eu não soube que esse discurso era emprestado de Ahab, mas sabia que ele tinha alguma espécie de importância. E sabia que era uma citação fora de contexto. O que eu não sabia era que meu pai também não tinha ideia de onde vinha o discurso.

Alguns anos depois de ter me mudado para Nova York, estava em casa, no Arizona, visitando minha família para as festas de fim de ano, e alguém deu a ideia de assistirmos *A Ira de Khan* no Natal. Durante a batalha do clímax, quando Spock corre pra dar partida na Enterprise e Khan cita Melville, eu disse:

— Você sabe, eu acabei de reler *Moby Dick*.

— O quê? — Meu pai perguntou.

— *Moby Dick* — eu disse. — Khan está citando as cenas finais de *Moby Dick*.

— É Shakespeare! — Meu pai disse, dando um gole em sua gemada.

— Pai — eu disse. —, não é, mesmo.

— Tanto faz — ele respondeu. — Você era só um bebê quando esse filme saiu. Acho que eu sei do que se trata.

Minha mãe e minha irmã pediram licença e foram pra cama mais cedo, e meu pai aumentou o volume um pouco mais. Estava escuro, era quase Natal e não havia nenhuma neve do lado de fora, porque a neve nunca cai nessa parte do Arizona. Eu pensei em toda a neve que aparece no deserto em *Star Trek III - À Procura de Spock*, e como Spock volta à vida, primeiro como criança, então como adolescente e depois como Leonard Nimoy. As pessoas não esperavam que Spock morresse em *A Ira*, mas também não esperavam que Khan citasse Melville, ou que o filme terminasse com *Um Conto de Duas Cidades*. Eles se lembram de Spock morrendo, no entanto. E algumas poucas pessoas se lembram dele voltando no filme seguinte.

Todo mundo sempre esquece que Kirk tem um filho em *A Ira*, também. E por mais que a morte de Spock seja mais comentada por razões óbvias, tendemos a esquecer o fato de que o filho de Kirk é morto em À Procura de Spock. Para *Star Trek* voltar a ser ela mesma, o capitão Kirk, ao que parece, tinha de parar de ser o pai de alguém. Se Kirk continuasse sendo pai de David, então deixaria de ser pai de todo mundo. Em *Star Trek V: A Fronteira Final*, dirigido e escrito por William Shatner, Kirk e Bones fazem piada sobre "outras pessoas terem família", fingindo que a história de suas vidas é mais importante que as pessoas a quem estão relacionados, o que, se formos sinceros, é exatamente como muita gente vê suas vidas.

Quando *Star Trek*, de J. J. Abrams, começou a ser promovido em 2009, uma das chamadas do trailer era "Não é o *Star Trek* do seu pai!", o que é hilário. Antes de meu pai falecer, ele assistiu e AMOU a interpretação de Chris Pine do capitão Kirk. O Kirk de Pine era charmoso, engraçado e um babaca total. Isso, eu acho, é o que meu pai esperava que eu me tornasse quando crescesse: uma mistura da minha geração com a dele. Estou apenas especulando, mas existem várias questões paternas nos dois filmes de Abrams, o que talvez justifique por que filhas e pais, assim como filhos e pais, morrem de amores por eles. Mas talvez eu esteja errado e meu pai tenha gostado do Kirk de Chris Pine por qualquer outra razão mais simples. Talvez tenha lhe dado esperança.

Porque, depois de citar Dickens, você sabe qual é a última coisa que Kirk diz, em *A Ira de Khan*?

Eu sei. É "*eu me sinto jovem*".

ROBÔS HIPSTERS VÃO SALVAR TODOS NÓS

O ANO É 2008. EU tenho vinte e sete anos e estou em um terraço em Bushwick, no Brooklyn, usando meu blazer *vintage* favorito com remendos nos cotovelos, e nada além de minha cueca boxer na parte de baixo. Estou em uma "festa de roupas de baixo", onde, pelo preço de cinco dólares, você deve tirar suas calças. Se você já viu um episódio da série *Girls,* em que há várias festas com muitas drogas, quero que imagine isso. Mas pior.

Uma gostosa brisa noturna de verão passa por minhas pernas e eu sigo pulando até o terraço. Digo "pulando" porque meus pés estão unidos um ao outro por uma fita adesiva, me fazendo parecer uma lagarta na vertical. Além disso, meus braços estão presos no meu peito, como os de uma múmia em um sarcófago. Minha boca também está selada por uma fita. Estou sendo carregado por duas mulheres vestindo roupas remendadas de *dominatrix*, que basicamente são roupas *dominatrix* sem qualidade pornográfica, como as que você vê em vitrines de *sex shops*. Parece mais com o que as *dominatrices* usariam em um *Mad Max* pós-apocalíptico, ou em episódios ocultos de *The Road*, de Cormac McCarthy. Nos encontramos no telhado e todos usaram vários tipos de drogas. Casualmente, me perguntaram se poderiam me amarrar. Eu respondi o que qualquer um responderia aos vinte e sete anos em uma festa de roupas de baixo em um terraço no Brooklyn. Eu disse, "claro que podem me amarrar". Parecia divertido.

Sr. Spock disse uma vez que "ter não é tão bom quanto querer", e se você aplicar isso a falsas *dominatrices* foras de si que desejam brincar com sua vida, você começa a pensar por que te deram o direito de tomar qualquer decisão. Mas, enquanto elas me levam até a beirada do terraço e sussurram no meu ouvido, "nós podemos te matar, sua putinha. Basta te empurrar desse terraço", o que passa pela minha cabeça não é "Meu Deus. Por favor, eu quero viver!", mas sim "Isso sim! Isso vai ser uma ótima história para o meu blog." Eu tenho 27 e sou totalmente sem noção e, enquanto olho para o distante horizonte de Manhattan, considero absurdamente o fato de que eu provavelmente não morreria porque iria despertar em um corpo robótico como os Cylons de *Battlestar Galactica*. Se eu morrer e minha consciência for inserida em uma réplica robótica perfeita, eu ficarei deprimido ou isso será incrível?

*

Ao contrário dos robôs desajeitados da antiguidade, os Cylons atuais de *Battlestar Galactica* têm o objetivo de parecer menos com robôs e mais com seres humanos[46], contendo pele e sangue artificiais. Na realidade de *BSG*, os Cylons começam sua existência evolucionária como robôs brilhantes e cambaleantes parecidos com torradeiras que andam, mas "evoluídos" em um *faux* orgânico com forma humana. (O jargão que a série usa para diferenciar esse tipo de Cylons é "*toasters*" para os robôs que parecem robôs, e "*skin Jobs*"

46 O *Battlestar Galactica* original era uma série de TV de 1978-79, criado por Glen A. Larson, que também criou e escreveu *Knight Rider* e *Magnum P.I.*. Essa versão de *BSG* foi alvo de uma frívola ação-jurídica da Fox, que tentou provar que a série era um plágio de *Star Wars*. Os Cylons da série antiga eram robôs em forma de robôs clássicos com vozes robóticas e andar lento.

para os humanoides)[47]. De certo modo, um robô avançado que deseja se tornar humano está sendo completamente ineficiente, é como trocar seu veículo com ótimo consumo de combustível por outro que gasta muito. Esse fato é ressaltado pelo personagem Cylon, Cavill – interpretado fantasticamente por Dean Stockwell –, que reclama sobre seu corpo humanoide para um de seus criadores na quarta temporada: "Eu não quero ser HUMANO!", ele grita, "Eu quero *ver* raios gama, eu quero *ouvir* raios-x, eu quero *cheirar* matéria negra! Não consegue ver o absurdo do que eu sou?". Sua inteligência artificial é inerentemente limitada a seu corpo humano, o que o irrita mais ainda porque ele prefere ser um robô mais "robótico". No conto de Terry Bisson, *They're made out of Meat* [Eles são feitos de carne], máquinas extremamente inteligentes discutem a brutalidade da vida na Terra, nos vendo como nada além de "carne falante". Essas são as atitudes de robôs que facilmente se tornariam assassinos, do tipo que, se tivessem forma humanoide, seriam assim só porque precisam. Os robôs dos filmes *O Exterminador do Futuro* são assim: se deixados por conta própria, talvez virassem poças de metal líquido, mas quando o extermínio precisa ser executado, eles se esforçam para parecer que tem braços e pernas. Em seu ensaio *Robots* [Robôs], Chuck Klosterman diz que, se os humanos perdessem a guerra contra os robôs, não teríamos justificativas, porque ele "não pode imaginar uma guerra com a qual nos preocupamos tanto até hoje". Esse é o jeito de pensar mais popular quando falamos em robôs: a

---

47 Mais tarde, no jogo *BSG*, foi revelado que vários ciclos criadores de Cylons que lutavam contra humanos existiram em um passado distante. Isso impulsionou o salto de "Centuriões" (os Cylons quadrados e robóticos) para os humanoides "*skin job*".

ideia de que eles se erguerão para nos destruir. Mas não seria bem assim, se pensarmos melhor.

A maior parte das pessoas tem ideias malucas sobre a coleção original de histórias de Isaac Asimov, *Eu, robô*, em parte porque o filme de Will Smith com o mesmo nome passa uma mensagem diferente da mensagem que Asimov tentou deixar nesse livro. Dias antes do lançamento de *Eu, robô*, nos cinemas em 2004, eu acabei vendo a lenda da ficção científica e amigo de longa data de Asimov, Harlan Ellison, palestrando em um colégio comunitário do Arizona[48]. Ele me implorou para que não assistisse *Eu, robô*, pelo bem da memória de Isaac. Mas eu *precisava saber*, então assisti mesmo assim. Além das perseguições de carros me lembrando que eu precisava trocar os freios da minha caminhonete, o filme foi bem superficial. Foi um filme ao estilo robôs-vão-matar-a-todos-se-forem-muito-numerosos no qual Drª. Susan Calvin deixou de ser uma inteligente cientista mais velha para ser uma companheira idiota e sexy de Will Smith. A personagem de Will Smith, um policial que investiga um assassinato cometido por um robô, foi fabricado para o filme e nunca esteve no livro *Eu, robô*[49]. O fato é que, antes de *Eu, robô* ser lançado, a maioria das pessoas não tinha ideia de que o livro era sobre robôs que se uniriam para matar a todos e, depois do filme, suas ideias foram totalmente reforçadas. Com pouquíssimas exceções[50], a maior parte das séries de ficção cientifica na TV e filmes têm um padrão ao falar de

48 Harlam Ellison escreveu um roteiro para *Eu, robô* que nunca foi filmado. É incrível.

49 Para ser honesto, Asimov teve outros personagens policiais em outras histórias e romances, mas não em *Eu, robô*.

50 O filme de 2015 *Ex Machina*. Também há uma grande di-

robôs. "Cuidado com os robôs assassinos!"

De qualquer modo, o impulso de Asimov para escrever suas histórias sobre robôs, *na verdade*, foi o fato de que ele estava muito cansado de histórias de ficção cientifica sobre robôs assassinos já *naquele tempo*, em 1930. Observem seu ensaio *The Perfect Machine* [A máquina perfeita][51]:

> Os escritores de ficção cientifica não conseguem se livrar da noção que a manufatura de robôs envolve um conhecimento oculto, uma aspiração sombria no papel do homem para as habilidades reservadas a Deus. A tentativa de criar vida artificial foi um exemplo de arrogância e punição merecida. Em história após história, inevitavelmente, o robô destrói o criador antes de destruir a si mesmo... (e) isso foi até 1939 quando, pela primeira vez, que eu saiba, um escritor de ficção abordou robôs de um ponto sistemático de engenharia. Sem muita modéstia, direi que esse escritor fui eu.

Mil novecentos e trinta e nove! Há setenta e seis anos, Dr. Asimov estava inclinado a começar sua revolução de

---

ferença: os robôs são ótimos e realmente nos comandam, mas, na verdade, nós previmos isso. Em *Ex Machina*, a maior parte das ações não são sobre assassinatos, mas envolvem questões sobre como provar nosso estado de cautela. Por esse motivo, eu não o conto como um "filme sobre robôs assassinos".

51 Como ressaltado em *Opus 100*, de Isaac Asimov.

inteligência artificial em ficção científica, uma na qual a história sobre robôs não seria mais como a história de Frankenstein. *Wow*! Como está indo, Dr. Asimov? Porque, apesar de escrever livros excelentes sobre robôs e suas maquinações, aquela coisa de robô-assassino-como-ousamos -agir-como-deuses ainda é o que a maioria das pessoas acredita ser o tema principal de uma história de robôs.

Os robôs das histórias de Asimov não são livres de conflitos, a única diferença é que esses conflitos não contemplam o fim do mundo. Minha história favorita em *Eu, robô* é o capítulo 5, "Mentiroso!", no qual um robô qualquer com poderes telepáticos luta contra sua programação. Baseado nas "leis da robótica", esse robô (chamado Herbie) não pode permitir que os humanos se machuquem. Herbie internaliza "machucar" como se fosse algo emocional e, para fazer com que todos se sintam melhores, ele começa a mentir como louco. *Você vai conseguir esse emprego! Essa pessoa te ama!* Não é apenas um conto histérico, mas também é de partir o coração. E isso mostra que você não precisa de robôs assassinos para ter conflito em uma história de robôs.

Mas, se deixarmos de lado a intenção do autor nas histórias de robôs (como os produtores de *Eu, robô* fizeram), qual seria o valor filosófico dos robôs em uma cultura de massa? As pessoas não são tão avessas à tecnologia quanto filmes de ficção e a televisão querem que você acredite, porque, se fossem, certamente não estariam tão confortáveis com seus *smartphones*. Se visto pelas lentes humanistas de Asimov, o pior filme sobre robôs é *O exterminador do futuro*, e o melhor é aquela coisa linda de inteligência artificial de 2013, o romance chamado *Ela*. Isso não quer dizer que os filmes do *Exterminador do futuro* são ruins (não os dois primeiros, pelo menos), mas, mais especificamente, que a malévola AI

Skynet apresenta a maneira convencional de como os filmes retratam os robôs: eles vão nos escravizar. Verdade seja dita, há uma súbita emoção entre Sarah Connor e o Exterminador em *O julgamento final*, mas eu argumentaria que essa coisa boa é uma narrativa deficiente da ontologia de *Frankenstein*. Colocando em outras palavras: os filmes do Exterminador são suavemente subversivos ao próprio gênero.

Se você considera *Ela* um filme *hipster*, isso está correto, porque histórias de robôs provavelmente são melhores quando se baseiam em meditações de uma autenticidade espiritual do que quando falam sobre assassinatos[52]. Apesar do que uma história de robô-assassino fez você acreditar, a realidade é que robôs deveriam representar, e realmente o fazem, algo além do que sugere a cultura dos contos de alerta. O que é uma história de robôs, então? Ou, pelo menos, o que devia ser? Fácil: é um receptáculo para nossa discussão constante sobre o que é o que não é *vintage*.

*

Eu disse que eu usava um blazer *vintage* no terraço porque eu era (e talvez ainda seja) um *hipster*. Como no caso dos Cylons, que eram chamados de "*toasters*" ou "*skin jobs*", a palavra "*hipster*" é uma ofensa, mas do tipo que você só entende

---

52 Eu acabei dever o novo trabalho de Neill Blomkamp com CHAPPiE. Foi absurdamente criticado, mas não é uma história de robôs tão horrível. Podemos considerar mais como uma homenagem a Oliver Twist do que uma história hardcore de robôs. Obviamente, há morte e violência nesse filme, mas o robô principal é essencialmente bom. É um pequeno progresso e acredito que o coração de Blomkamp esteja no lugar certo.

lendo artigos da internet ou a revista *New York*. Nenhum dos Cylons gostava de se autoidentificar como "*toaster*", e eu não sou louco de me autoidentificar como *hipster,* também. Mas, se pudermos concordar que *hipsters* são pessoas que tem interesse em *algo* que existiu antes de suas próprias experiências – isso quer dizer "coisas *vintage*" – e que elas incorporam essas coisas *vintage* em suas rotinas em um ato de afetação estilística e apropriação intencional, então sim, eu sou *hipster* pelo simples fato de usar Chuck Taylors e, ocasionalmente, blazers *vintage*. Eu me interessei brevemente em colecionar discos de vinil *vintage* em algum ponto, também.

A imagem de um *hipster* que coleciona discos de vinil é onde os Cylons/robôs de *Battlestar Galactica* estão inseridos tematicamente. Uma inteligência artificial suficientemente evoluída que não terá nenhum tipo de experiência real com um corpo orgânico, do mesmo modo que eu não tenho experiências reais comprando discos de vinil. Quando eu era adolescente, quase quebrei o toca-discos dos meus pais tentando ouvir a cópia de 1968 do *White Album* que eles tinham, enquanto estavam fora de casa. Eu não tinha ideia de como aquilo funcionava! O Tenente Comandante Data, de *Star Trek: A Nova geração* passou pela mesma coisa, um desejo de adquirir objetos *vintage* humanos durante todo o segmento de sua personagem na série. Em *Star Trek: Primeiro contato*, ele até recebe de "presente" um corpo "real" da malvada Rainha Borg, uma sensação esmagadora para ele, do mesmo modo que seria impossível para nós processar a "visão" do espectro, uma nova cor que não estamos acostumados a lidar. O desejo de Data em ser humano é uma afetação estranha trazida pelo amor por algo *vintage* que ele não entende da mesma maneira que as pessoas que tiveram essa experiência "primeiro". O que é perturbador sobre Data é o fato de que todos na Enterprise encorajam ele em seus esforços para se tornar "mais humano", quando, na verdade, não há nada errado no fato de ele aceitar a si mesmo como é. Apesar de Picard e sua tripulação se apegarem consistentemente aos direitos civis de Data, eles parecem revelar seu próprio tipo de intolerância robótica encorajando esse desejo de ter coisas humanas *vintage* como a "coisa certa". Se você já viveu com mais de uma pessoa que se recusa a ouvir discos ou qualquer coisa além disso, você sabe do que estou falando.

Ainda assim, há algo eternamente penetrante sobre a história do robô-assassino, mesmo se você tiver um robô amigável e iluminado no meio. Na sexta temporada de *Star Trek: Nova geração*, os escritores não podiam deixar de introduzir um enredo (*Declínio Parte 1*) no qual Data ganha o poder da "emoção" e se torna um completo chato. Eu acredito que isso seja, de certo modo, a história inversa do robô maligno, porque Data se torna "mal" quando se aproxima da humanidade, não quando se torna mais "robótico". A única coisa que parece tirar Data de sua situação é sua aparente lealdade aos membros da tripulação, porque robôs, tendo ou não emoções, sempre tendem a ser um reflexo da esperança e dos sonhos que colocamos neles.

Em *Star Trek*, a Singularidade Tecnológica – o momento teórico em que a inteligência artificial será finalmente absorvida pela mente humana – nunca acontece, porque, se aconteceu, *Star Trek* não foi sofisticado o suficiente para evitar que esse momento se tornasse uma história de robôs assassinos. Ray Kurzweil, autor e profeta da Singularidade Tecnológica, garantiu que, no futuro, as "máquinas poderão ter seu próprio livre-arbítrio" e até "experiências espirituais". Tirando uma pista de Isaac Asimov, ele também parece acreditar que máquinas inteligentes terão princípios éticos similares aos de seus programadores ou criadores. Se isso for verdade, e estamos para projetar a "Lei da aceleração dos retornos", de Kurzweil, e entrar em um futuro de robôs superevoluídos e chatos[53], parece que uma das "experiências espirituais" dessas máquinas poderia incluir a ideia de "voltar às origens", ocasionalmente entrando em corpos sintéticos ou orgânicos. Hoje em dia, eu posso comprar um *vintage* falso dos Beatles, do The Smiths e a trilha sonora de *Caça-Fantasmas II* no Urban Outfitters. Isso quer dizer que tudo é possível.

*

Obviamente, as *dominatrices* não me assassinaram porque todos eram *hipsters* demais para isso. Ao invés disso, elas me levaram para a beirada do terraço, empurraram minhas costas, me amarraram com fita adesiva no telhado e me deixaram lá. Meus amigos e o anfitrião da festa me encontraram algumas horas depois. Dormir e ser acordado com fita adesiva sendo puxada de sua boca é exatamente como imaginei que seria acordar em um corpo robótico. Em *Eu, robô*, as leis da robótica dizem que um robô não pode usar *inatividade* para permitir que os humanos sejam machucados, o que não é uma regra válida quando você está numa festa de roupas de baixo cheia de bêbados. Isso também é verdade, porque você não pode confiar de verdade em seres humanos da mesma maneira que poderia *potencialmente* confiar em robôs. No filme épico dirigido por Christopher Nolan

53 A lei da aceleração dos retornos é a ideia de que toda essa parafernália robótica será exponencial em seu próprio desenvolvimento.

em 2014, *Interestelar*, eles se esforçam muito para programar robôs a um certo nível de "honestidade", porque, de outro modo, eles dirão qualquer besteira que você provavelmente não quer ouvir. O resultado disso é que os robôs de *Interestelar* são confiáveis, o que, é claro, deixa a maior parte do público confuso sobre por que os robôs não vão matar todo mundo. Todos vimos *2001: Uma odisseia no espaço* – frequentemente considerado o melhor filme de ficção cientifica de todos os tempos – e sabemos que o momento singular de HAL não acaba bem para ninguém além do público. Obviamente, se você está em uma festa de bêbados e pode escolher amigos robôs para te acompanhar, você escolheria Data ou TARS, de *Interestelar*, em vez de HAL em qualquer situação.

A última história em *Eu, robô* é chamada "O conflito evitável", que (alerta de *spoiler*) revela que o mundo é completamente comandado por robôs e que pouquíssimas pessoas sabem disso. É claro, em um filme ou em uma série de TV, seria impossível adivinhar esse tipo de coisa sem parecer sinistro e, mesmo nas páginas da história, Asimov dá voz ao ponto de vista do medo dos robôs. Aqui está um excerto do final da história:

> — Que horrível!
>
> — Talvez seja lindo! Pense que, para sempre, todos os conflitos serão finalmente evitáveis. Apenas as máquinas, de agora em diante, são inevitáveis!

O conto *Conflito evitável* foi publicado em 1950, antes de Kurzweil sonhar com "a Singularidade" ou os Beatles gravarem álbuns que podiam ser considerados "*vintage*" para um *hipster* velho como eu. Asimov viu seus robôs resolvendo os problemas do mundo e sendo melhores do que nós. Para ele, eles eram a próxima geração de amigos e companheiros, o tipo de pessoa que, graças a uma boa programação, provavelmente não nos deixariam ser quase jogados do terraço de uma festa. Se os robôs de Asimov comandassem o mundo, festas seriam legais e muito mais seguras. Pode não funcionar como o melhor filme de ficção envolvendo Arnold ou Keanu, mas se essa singularidade chegar às nossas vidas, talvez comecemos a fazer filmes diferentes sobre robôs. Há ótimas razões para pensar que eles vão nos enterrar de um jeito ou de outro. Porque, aos olhos do tipo certo de robô, sempre seremos os *hipsters* originais.

NINGUÉM SE INCOMODA COM AS NOVAS VERSÕES DE HAMLET: QUE VENÇAM OS SUPER-HERÓIS IMPORTANTES

AO PERGUNTAR PARA OS FÃS de histórias em quadrinhos a razão para Batman ser tão bom, a maioria dirá que é porque ele é um personagem psicologicamente complexo dentro de uma história carregada de temas obscuros e repleta de socos. E, embora Batman/Bruce Wayne seja uma pessoa complexa, ele não é nem um pouco difícil de entender, pelo menos tematicamente. Batman e seus inimigos não são astutos ou irônicos, e tudo o que dizem reflete exatamente o que fazem. Quando o Batman de Christian Bale esbraveja ser "o herói que Gotham merece", ele não está brincando. Quando Bane murmura que veio "acertar as contas com Gotham", acreditamos nele porque ele começa a destruir tudo o que vê pela frente. O Senhor das Estrelas, interpretado por Chris Pratt, pode ter feito uma grande piada sobre ser um herói improvável, mas ainda há algo oculto em sua personalidade quando ele diz "Somos os guardiões da galáxia", em um filme chamado *Guardiões da Galáxia*. Afinal, ninguém em um filme de Lars von Trier diz: "Nossa! Quanta melancolia!"

As pessoas dos círculos das histórias em quadrinhos debatem incansavelmente sobre vários elementos qualitativos presentes nos filmes baseados nas histórias em quadrinhos. O filme *Batman: O Cavaleiro das Trevas Ressurge*, dirigido por Christopher Nolan, não é tão sutil ou "artístico" quanto o *Batman* de Tim Burton. Ou Chris Evans estava terrível nos filmes d'*O Quarteto Fantástico*, mas estava excelente em Capitão América. Mas, ao compararmos com dramas sutis como *Inside Llewyn Davis: Balada de um homem comum*[54],

54 A presença de dois atores de *Inside Llewyn Davis: Balada de um homem comum* (Oscar Isaac e Adam Driver) no novo filme de *Star*

todos os filmes baseados em histórias em quadrinhos ficam bastante parecidos. *Quarteto Fantástico e o Surfista Prateado* tem mais semelhanças em seu DNA com *Capitão América 2: O Soldado Invernal* do que os dois filmes têm com *Entre quatro paredes*. Um pode ser um bom filme baseado em história em quadrinhos (*Capitão América 2: O Soldado Invernal*) e o outro pode ser um desastre vergonhoso que talvez não devesse ser assistido por nós, mortais (*Quarteto Fantástico e o Surfista Prateado*), mas os dois têm, essencialmente, o mesmo tema. Isso porque não é como um filme do *X-Men*, filmado em preto e branco e dirigido por Alexander Payne, que é simplesmente uma versão do Professor X idoso, que mora na casa de parentes e usa seus poderes para fraudar o bingo durante a noite.

Muitos filmes baseados em histórias em quadrinhos contemporâneas, como *O Homem de Aço* ou *X-Men: Primeira Classe,* podem começar como um filme "comum"[55], mas raramente continuam assim. E, além do fato de os heróis das histórias em quadrinhos serem originariamente "para crianças", uma das principais razões para os críticos ridicularizarem (ou pelo menos terem preconceito contra) esse tipo de material é provavelmente porque os filmes baseados em histórias em quadrinhos parecem não ter sutileza artística.

Wars significa um filme com nuance mais artística ainda? Vamos marcar um encontro no bar para conversar sobre isso. A primeira rodada é por minha conta.

55 O oposto disso seriam os filmes do Batman dirigidos por Joel Schumacher: *Batman Eternamente* e *Batman e Robin*, que começam como um filme baseado em histórias em quadrinhos e terminam com um delírio alucinógeno, repleto de ácidos e bastões de neon luminosos por todos os lugares.

A. O. Scott, do New York Times, criticou o filme *Os Vingadores* dizendo que exigia "obediência" do público para entender a narrativa pop do filme enquanto também suspendia permanentemente a incredulidade da audiência. E ainda, conhecedores sérios das artes não iriam opinar sobre a natureza da ópera ou mesmo dos musicais tradicionais. Se musicais e óperas acontecem em uma dimensão alternativa onde é perfeitamente natural um personagem cantar para expressar seus sentimentos de maneira direta e óbvia, por que os heróis fantasiados precisam receber as críticas?

Parte da resposta é porque o mundo está mudando e só agora nossa cultura está se acostumando com super-heróis. Daqui vinte anos, assumindo que ainda estarão na ativa, a DC Comics fará cem anos, e a Marvel terá por volta de noventa. Pensando isso no sentido inverso: não vivi em um mundo em que não exista filmes de super-heróis. As pessoas de uma geração depois da minha não conheceram um mundo sem um *bom* filme de super-herói. Se isso continuar a acontecer, quando eu tiver cinquenta anos de idade, super-heróis provavelmente serão uma instituição cultural comparada com Shakespeare, óperas, musicais, e qualquer outra coisa que todos aceitam como algo "normal". Mas as pessoas que são vinte ou trinta anos *mais velhas* do que eu, podem associar super-heróis à estética *nana-nana-nana-nana BIFF/POW/ZOWIE/ZAP.* E alguns desses caras ainda são críticos muito bem-sucedidos (e bons, eu acrescentaria). Pode parecer um pouco mórbido, mas quando essas pessoas pararem de escrever críticas de filmes tudo isso irá mudar[56].

---

56 Da mesma maneira, críticos culturais do futuro, que hoje têm por volta de cinco anos de idade, lerão esse meu texto quando tiverem seus trinta anos e acharão minhas afirmações totalmente antiquadas.

Aqui eu preciso fazer uma reclamação bastante comum, tanto para os críticos tradicionais quanto para os críticos geeks: super-heróis são recriados rápido demais. Em 2016, apenas quatro anos depois de Christian Bale ter completado sua trilogia como Batman, Ben Affleck faz sua estreia como o cavaleiro das trevas em *Batman vs Superman: A Origem da Justiça*. Quando Affleck foi anunciado, em 2013, uma grande parte da população do mundo foi ao delírio, em apoio ou contra sua contratação. Na New York Comic Con 2014, vi pelo menos três caras usando camisetas estampadas com o nome de Ben Affleck no logotipo do Batman e um X gigante sobre ele, indicando que eram anti-Batffleck. Infelizmente, esse tipo de alarmismo não é nada novo. Inúmeros fãs escreveram cartas para a Warner Bros nos anos 80 porque o "Mr. Mom", Michael Keaton, tinha sido escolhido para fazer o papel do Batman. Somos todos suscetíveis a isso, e até mesmo eu fiquei incomodado quando Andrew Garfield – que vi quando era garoto em um episódio de *Doctor Who* – foi escolhido para o papel do Homem Aranha. Mas, a questão é que, não há motivos para ficar bravo ou preocupado com nada disso, porque os próprios personagens estão entrando em um *zeitgeist* exatamente como aconteceu com figuras literárias ou mitológicas nos velhos tempos. Você ficou ofendido quando Liam Neeson foi escolhido para o papel de Zeus em *Fúria de Titãs*? Provavelmente não. Lembra-se de quando Leo DiCaprio e Carey Mulligan foram escalados para *O Grande Gatsby*[57]? Quem ficou bravo por isso? Ninguém.

Também provavelmente farão a leitura do artigo através de algum tipo de creme de leitura futurístico, mas, tanto faz.

57 Carey Mulligan também estrelou na mesma temporada de Doctor Who como Andrew Garfield, em 2007. E então fizeram juntos o

Porque houve um Jay Gatsby cinematográfico antes, e haverá outro de novo. Batman, Homem Aranha, Superman e, surpreendente, o Homem-Formiga, provavelmente estarão presentes tanto quanto os personagens canônicos "clássicos". Se você se irritou por terem feito uma nova versão de *O Homem Aranha* tão rapidamente, ou se está preocupado por estarem trabalhando no Batman rápido demais depois de *Batman: O Cavaleiro das Trevas Ressurge*, espere até terem feito nova versão de tudo isso pela quadragésima vez no século XXII. Você vai ficar furioso!

Um artigo de 2012 do Los Angeles Times é um ótimo exemplo do que parece ser, para mim, um mal-entendido ou uma explicação não pensada sobre o fenômeno de se fazer uma nova versão de filmes. Nele, Neal Gabler irrita-se com a geração Millennials (geração Y) que "não vê filmes como arte da maneira como tantos *boomers* faziam". Agora, apesar de Gabler criar um argumento problemático "nós contra eles", não acho que exista alguma evidência convincente para sugerir que a apreciação do filme como arte tenha alguma coisa a ver com o fenômeno de criar novas versões de um filme, nem com o fato de ser jovem. Ser ignorante e não saber apreciar grandes histórias não tem nada a ver com gerações. A análise de Gabler – que representa um grande argumento sem pé nem cabeça que você ouve o tempo todo – parece sugerir que criar uma nova versão de um filme (ou de uma peça) que tem história e personagens encantadores, é uma epidemia causada pela falta de entendimento de uma geração ignorante sobre os méritos artísticos dos filmes e, por isso, um novo fenômeno. Mas criar novas versões não é

filme *Não me Abandone Jamais*. Por que nenhum deles está no novo *Star Wars?* É frustrante.

nada novo. Por séculos ao redor do mundo houve inúmeras novas versões de peças escritas por Shakespeare, que, provavelmente, não pareciam muito com o que foi exibido no Globe. E, claro, estudiosos de Shakespeare ficarão loucos com várias interpretações, atualizações, omissões, abreviações etc., mas, para a maioria de nós, *Hamlet* é uma história à qual todos seremos apresentados em algum ponto de nossas vidas, e todos nos beneficiaremos dela. Será que *Roxanne*, de Steve Martin, prejudicou a essência de *Cyrano de Bergerac*? Não. Amo todas as versões de *Cyrano*. E gosto tanto do Homem Aranha do Tobey Maguire quanto do Homem Aranha do Andrew Garfield. E agora fiquei sabendo que talvez ainda tenhamos um outro Homem Aranha em 2017. Que venha! A versão de Gérard Depardieu de *Cyrano* pode ser uma versão definitiva, mas isso não significa que a versão de José Ferrer não seja boa. A trilogia do *Cavaleiro das Trevas* de Christopher Nolan hoje é considerada com as mesmas linhas definitivas da versão de Gérard Depardieu de *Cyrano*, mas isso não significa que o novo Batman de Ben Affleck vai arruinar ou tornar o Batman de Michael Keaton irrelevante.

A maioria das crianças que conhecem contos de fadas raramente leram primeiro o texto original dos Irmãos Grimm ou de Hans Christian Andersen. E, embora isso seja uma pena, não significa que a história foi arruinada, nem indica uma falta de apreciação das histórias. Um bom número de pessoas que assistiu ao filme *Os Vingadores* entendeu que seus personagens têm suas raízes nos livros de histórias em quadrinhos. Um outro número maior da população não leu as histórias em quadrinhos nem antes, nem depois de assistir ao filme. Precisamos nos importar com isso? Isso é um grande problema? Como temos estabelecido, materiais com fonte em histórias em quadrinhos normalmente adaptados a filmes são relativamente pouco sutis e exagerados. E, sob o risco de ser crucificado pelos puristas em histórias em quadrinhos, pergunto, será possível que essas repetições de grandes e importantes temas e personagens funcionem *melhor* em filmes?

Porque os filmes que compõem a Marvel Cinematic Universe são tecnicamente concebidos no âmbito convincente de que são feitos, isso não significa que essas histórias e personagens estão alcançando mais público do que alcançariam se seus personagens fossem limitados às histórias em quadrinhos? Se você somar o sucesso dos filmes Marvel com Shakespeare entrando em domínio público, o que estou dizendo deve começar a fazer sentido. Ninguém que vai em frente com uma produção séria de uma peça de Shakespeare pensa, "ah, a nossa vai ficar na média". Eles querem fazer justiça à grandeza da obra. E é isso que está acontecendo sempre que nossa cultura recria um super-herói. Se Shakespeare estivesse por aqui hoje, ele, provavelmente, estaria escrevendo peças *sobre* super-heróis.

A ideia de que o filme não é tão bom quanto o material original porque contradiz a visão do autor é outra crítica feita aos filmes baseados em histórias em quadrinhos. Devemos dizer que *Batman* foi "criado" por Bob Kane, mas a maioria das pessoas dirá que foi criado também por Bill Finger. Então, quando vamos assistir ao filme do *Batman*, estamos tendo uma visão do personagem que é condizente com a concepção original de Kane ou de Finger? De jeito nenhum. De Alan Moore a Frank Miller, de Jeph Loeb a Gail Simone, de Marguerite Bennett a artistas como Neal Adams, Alan Ross, Jim Lee, Tim Sale, Lee Bermejo, Becky Cloonan e inúmeros outros, a imagem e as palavras de *Batman* não estão ao alcance de uma pessoa sagrada. E isso vale para todos os outros super-heróis também. Certamente existem controvérsias sobre quem ganha o crédito original – Stan Lee *versus* Jack Kirby, e Bob Kane *versus* Bill Finger são destaques –, mas minha questão principal não tem muito a ver com isso. Debater se Shakespeare era real ou não, não faz *Muito Barulho por Nada* deixar de existir. E o mesmo é verdade – ou talvez seja uma verdade *maior* ainda – em se tratando dos heróis das histórias em quadrinhos. Histórias em quadrinhos *sempre* tiveram várias vozes narrativas diferentes por trás das cenas, o que significa que quando as histórias são traduzidas e transformadas em filmes, todas aquelas vozes narrativas serão condensadas em uma única história. E, como provavelmente há muito material bom deixado para trás, quem não gostaria de fazer um outro filme?

Mais interessante ainda é o fato de as histórias em quadrinhos terem uma narrativa composta, o que significa que elas são mais acessíveis a um grupo maior de pessoas do que qualquer outro tipo narrativo de ficção. A maioria das pessoas não pensa que Batman = Bob Kane, ou Batman = Christopher Nolan. A maioria das pessoas pensa Batman = EU. O público cria seu próprio Batman, e é assim que a mitologia funciona. Quem é o autor dos mitos gregos? Não é exatamente Homero. Porque fomos nós quem mantivemos os mitos vivos através dos séculos ao recontar as histórias em uma miríade de diferentes formas.

Então, o que mais pode incomodar alguém no fenômeno da nova versão se não o desagrado da geração Y, ou a intolerância ao super-herói? Provavelmente o dinheiro. Se você odeia filmes de super-heróis por que os vê como uma forma dos estúdios arrancar dinheiro dos espectadores, consigo entender seu pensamento, mas imploro para que pense um pouco mais nessa crítica. Só porque algo dá lucro não significa automaticamente que seja um "lixo", e só porque alguma coisa é um "lixo" não significa que ela não seja culturalmente importante. A primeira edição de *Capitão América* foi vendida em 1940 e nela o Capitão América socava o Hitler[58]. Foi uma questão política, já que ela foi lançada um ano depois de os Estados Unidos entrarem na Segunda Guerra Mundial. Também foi uma grande ideia para lucrar com histórias em quadrinhos.

O sucesso do super-herói atual é o futuro da contação de histórias se revelando à nossa frente, mas como estamos no começo de algo novo, é difícil enxergar todo o seu impacto antropológico. Não posso convencê-lo sobre a longa tradição mitológica dos super-heróis de maneira tão eficaz quanto Grant Morrison consegue fazê-lo em seu livro *Supergods* [Super deuses], ou da maneira como Margaret Atwood opina em seu livro *In Other Worlds* [Em outros mundos]. Mas estou incentivando você para que tente e pense sobre as reações que você pode ter ao assistir a um filme de super-heróis, e olhe para ele com um pouco mais de delicadeza e pensando no futuro, não no presente ou passado. Você já leu as críticas de *Um conto de Natal*? Algumas eram parecidas com os artigos que li sobre *Os Vingadores*. E quanto a *Moby Dick*? Foi tão apreciado quanto *Homem Aranha 2*. Não estamos retrocedendo, nem estamos sem ideias. Para uma cultura que conta histórias, super-heróis não representam a estagnação, nem nada com o que se preocupar. E sim, como pessoas com superpoderes, estamos entrando em um

---

58 Como acontece com muitas revistas, a revista em quadrinhos foi colocada à venda antes da data de publicação ser impressa na capa. Então, a primeira edição de Capitão América tem a data de março de 1941, mas foi vendida em dezembro de 1940.

novo estágio de evolução de desenvolvimento narrativo. E estamos fazendo isso de um jeito que sempre fizemos: contando nossas histórias favoritas repetidas vezes.

O DESPERTAR DOS FÃS

DIZEM QUE A MELHOR MANEIRA de ser bom consigo mesmo e ter uma vida plena é não ter arrependimentos, ou, se tiver, nunca pensar neles. O conselho é bom, mas também se aplica exclusivamente a você, pensando em si mesmo, quando está sozinho. Um arrependimento é algo que você acha que pode ter sido um erro, mas um erro é algo que outras pessoas sabem que é um erro. Se colocarmos arrependimentos e erros no mesmo plano – vamos chamar esse plano de "momentos hipoteticamente desencadeadores de levar a universos alternativos mais desejáveis" –, então, podemos começar a entender porque deve ser tão difícil viver cada dia sendo George Lucas. Mesmo que ele ache que não tem nenhum arrependimento, existe um mundo inteiro de pessoas com muita vontade de apontar seus erros. Então, *O Despertar da Força* está aqui. Que tipo de fãs de *Star Wars* seremos?

Em 2006, durante o começo da onda de questionários pessoais *online* do tipo "Que personagem de *Sex and the City* você é?" (Samantha) ou "Que música das Spice Girls retrata sua vida?" (*Wannabe*), respondi outro questionário várias vezes, tentando obter um resultado diferente. Ele era "Que tipo de fã de *Star Wars* você é?" e a resposta que consegui era: "Você é um *hater* de *Star Wars*!" Além de não poder postar o resultado em minha conta no Myspace com um sinal de alegria, também fiquei deprimido ao perceber ser um fracasso em um questionário da internet. Como eu poderia não gostar de *Star Wars*? Eu adorava *Star Wars*! Só porque eu sabia melhor do que George Lucas que caminho a franquia devia seguir não significava que eu não gostava da história. Mas era verdade, precisamente porque eu reclamei de *Star Wars* muito mais do que o elogiei. Criticar *Star Wars*/George Lucas não era só uma coisa que eu fazia com frequência, mas também, aparentemente, algo verdadeiro. E porque aquilo era algo que alguém pensou em colocar como resultado em um questionário do Myspace, significava que ser acusado de não gostar era pior do que uma simples surpresa. Era algo comum.

Os fãs mais do que ninguém querem dizer a George Lucas – ou a qualquer outro criador de histórias de ficção científica, fantasia, ou histórias em quadrinhos - que há algo podre no reino da Dinamarca (ou Tatooine) e que nós, o povo, não vamos mais tolerar isso. Sir Arthur Conan Doyle tinha uma relação conflituosa com seus leitores, enquanto William Shatner praticamente criou uma segunda carreira desculpando-se aos fãs de *Star Trek* pelo quanto zombou deles. A filosofia de parquinho que a maioria das mães recomenda é "viva e deixe viver". Se não gostamos da maneira como Steven Moffat escreveu *Doctor Who* ou *Sherlock*, talvez devêssemos desistir e dizer: "Ei, não posso escrever um programa dc TV. O que eu faço agora?". Se George R. R. Martin está demorando demais para terminar seu próximo livro de *As Crônicas de Gelo e Fogo*, talvez devêssemos parar de reclamar e tentar escrever nossa própria série de fantasia épica. E se George Lucas quer tentar arruinar *Star Wars* repetidas vezes, então talvez devêssemos só ser mais tolerantes porque, afinal, *nós* não criamos *Star Wars*. A história não é dele mesmo, para que a arruíne?

Parece que não.

Nos dias de hoje, parece que o que os fãs suspeitam há tanto tempo foi provado verdade. *Star Wars* é *nosso*. Não precisamos viver e deixar viver com George Lucas, porque, nessa galáxia em constante transformação, chegou a hora de dizer "viva e deixe morrer". Desde 2012, quando vendeu *Star*

Wars para a Disney, George Lucas não é mais responsável pela franquia! Agora, um novo grupo de pessoas – especificamente liderado por J. J. Abrams[59] – está destinado a salvar *Star Wars* da ruína ou, o que é improvável, arruiná-lo ainda mais. Enquanto escrevo isso, o espírito da época está prendendo a respiração para o retorno, com o lançamento de *Star Wars Episódio VII: O Despertar da Força.*

Claro que, se está voltando, é porque você se deu mal por um tempo. Isso acontece o tempo todo com bandas e músicos, com exceção de que o impacto cultural de um bom álbum do U2 contra um álbum ruim do U2 não é nada, comparado à importância relevante de *Star Wars*. Se olharmos para os marcos mais importantes do pop – TV, filmes, música – do século XX, *Star Wars* está, certamente, entre os dez primeiros. Se só falarmos sobre os mais populares depois de 1945, fica facilmente entre os quatro primeiros. Não consigo pensar em nada maior do que *Star Wars* além de Michael Jackson, Beatles e Oprah Winfrey. Não estou dizendo que a série é melhor do que qualquer outro fato pop do século passado. Só que é inegavelmente gigantesco o quanto isso significa para as pessoas. Se um álbum ruim do U2 é um meteoro, então *Songs of Innocence* é do tipo que queima na atmosfera. Se um filme ruim do *Star Wars* é um meteoro, então *A Ameaça Fantasma* é do tipo que matou os dinossauros. Mas como é que *Star Wars* foi arruinado e quem realmente arruinou o filme? Será que George Lucas é a única pessoa com arrependimentos?

---

59 Por enquanto. Rian Johnson foi escolhido para dirigir a sequência de *O Despertar da Força*. Talvez J. J. não tenha conseguido aguentar a pressão? Talvez ninguém queira dirigir três filmes de Star Wars em sequência?

*

Tudo sempre poderia quase ter sido outra coisa. Isso é a verdade da vida em *De Caso com o Acaso*, e obviamente é a verdade de tudo que tem a ver com a cultura pop[60], principalmente com esses interesses geek que permeiam os sonhos e pesadelos de todos tão constantemente. Existe uma música de uma banda terrível e inesquecível chamada Everclear[61], e na letra da música há um verso assim "*like a* Star Wars *poster on my bedroom door*" ["como um pôster de *Star Wars* na porta do meu quarto]. Obviamente sabemos que *Star Wars* e seus pôsteres realmente criaram, indiretamente, a banda Everclear, porque não existe uma dimensão alternativa sem *Star Wars* que também inclua Everclear. Mas há todos os tipos de porcarias terríveis que existem mais diretamente por causa de *Star Wars*[62], por isso, não fique tão bravo com eles. O jogo de culpa do universo alternativo é mais divertido e também mais triste do que isso, porque mesmo que Everclear não possa existir sem a franquia, o mais importante desse verso é que a banda não canta apenas as palavras "*Star Wars*", mas sim "um *pôster* de *Star Wars*". O entusiasmo dos fãs está incorporado ao jargão cotidiano de uma maneira que é mais importante ou reveladora que a coisa em si.

Como eu já era adulto nos anos 1990, vamos pegar outra música popular daquela época, dessa vez uma boa. No épico do rap *Hypnotize*, Biggie Smalls nos fala de todo tipo de coisa de que gosta enquanto um coro de outras pessoas nos fala do que ele é capaz de fazer, principalmente da habilidade

60 Leia todos os artigos desse lviro para ter a "prova".

61 A música chama-se Wonderful, e é péssima.

62 Críticos de ficção científica alguns anos mais velhos do que eu argumentam que os lixos aos quais me refiro aqui são "tudo".

de, às vezes, "hipnotizá-los" apenas com as palavras. Um dos versos é mais ou menos assim: "*Hit 'em with the Force like Obi*" [Acerte-os com a Força como Obi], o que, não importa como você veja, é uma referência a Obi-Wan Kenobi. Se fosse apenas "a Força" ou apenas "Obi", sem a outra palavra, seria algo que poderíamos desprezar. Mas, de uma forma infinitamente mais inteligente que aqueles palhaços do Everclear, Biggie na verdade insinua a linhagem de *Star Wars* em sua letra de outra forma: Obi-Wan Kenobi tem a habilidade de "hipnotizar" certas pessoas com suas "palavras", quer dizer, o Notorious B.I.G é, obviamente, algum tipo de Cavaleiro Jedi.

Imaginar um universo sem *Star Wars*, mas um universo que inclua Biggie Smalls é possível, mas também é sem graça. O que é engraçado é o fato de que apenas um leve mergulho na arte pop, absolutamente inócua – da mesma forma esquecível e icônica – revela um reino de fãs de *Star Wars* penetrante que é mais onipresente que qualquer outra coleção de ficção popular em que eu possa pensar. Quero dizer, pelo que eu saiba, não existe nenhuma referência a *Cidadão Kane* ou a Shakespeare em qualquer outra faixa do Biggie, certo?

Mas vamos voltar àquele pôster do *Star Wars* na porta do quarto. A cada dois ou três meses, um blog geek (às vezes, um para o qual escrevo) irá "descobrir" um estoque de fotos de *Star Wars*, ou uma arte conceitual ou promocional não utilizada, colocar todas no blog e declarar de forma ofegante o que poderia ter sido. Com o filme original há uma tonelada de material que antecede seu lançamento, em parte porque Lucas contratou um cara absolutamente brilhante como relações públicas, Charles Lippincott, que viu o potencial de deixar a comunidade já existente de fãs de ficção científica e fantasia entusiasmada com *Star Wars* em 1976, um ano antes do lançamento. Ele fez acontecer uma apresentação de *Star*

Wars no Worldcon daquele ano, bem como na San Diego Comic-Con. A arte conceitual original de Ralph McQuarrie estava exposta, assim como os trajes, e Mark Hamill também estava lá! Se existe algum fã de *Star Wars* do futuro viajando no tempo lá na Comic-Con de 1976, ou está fazendo um monte de *selfies* com Hamill, ou prestes a fazer uma fortuna com mercadoria retrô. Em qualquer caso, se você não acha que a presença em uma convenção ajudou a solidificar o pacote de sucesso de *Star Wars*, pergunte a si mesmo de onde vieram todas aquelas pessoas no dia da estreia, em 1977. Assim como toda boa máquina de promoção, *Star Wars* tornou-se popular antes mesmo que alguém soubesse o que é que tanto adoravam.

Um pouco desse material de imprensa "original" encorajado por Lippincott contém referências a Buck Rogers e Flash Gordon[63]. Um dos pôsteres não usados em particular diz "Primeiro Buck Rogers, depois Flash Gordon, e agora Luke Skywalker", evocando heróis de ficção científica do passado para embarcar os fãs de ficção científica nesse novo produto *Star Wars*. Mas o interessante é: o pôster era quase um diferente, um pôster que absolutamente não falava

63 Buck Rogers originalmente foi concebido como Anthony Rogers no romance de 1928 de Francis Nowlan, *Armadeggon 2419 A.D.* Depois disso, Buck Rogers apareceu em shows de rádio, tiras de quadrinhos, e séries de filmes. Buster Crabble interpretou Buck Rogers na série de 1930, e depois interpretou Flash Gordon. No final dos anos 1970, houve uma reapresentação de Buck Rogers na TV, estrelando Gil Gerard, que, sem ironia, foi possível pela popularidade de *Star Wars*. Flash Gordon era um personagem de histórias em quadrinhos que começou a aparecer em 1934. Ele está ligado a Buck Rogers especificamente porque foi criado por Alex Raymond para competir com Buck Rogers.

em "Luke Skywalker", mas, ao contrário, apenas em "Flash Gordon". Antes de escrever *Star Wars*, George Lucas queria regravar Flash Gordon, mas não conseguiu negociar os direitos autorais, então parece que começou a trabalhar em outra coisa, mais ou menos em 1973. Essa coisa tinha uma série de nomes diferentes, mas a maioria das fontes parece indicar que era chamada de *The Journal of the Whills*, e apresentava um cara chamado Mace Windy[64]. Existem incontáveis mutações desse contorno geral e/ou do tratamento da história, mas basta dizer que ela, em algum momento, tornou-se conhecida por alguma coisa chamada *The Star Wars*, e apresentava um cara chamado Annakin Starkiller[65]. Para a maioria de vocês, isso pode parecer familiar. Sabemos que Annakin se torna "Anakin", Starkiller obviamente evolui para "Skywalker" e em uma jogada pré-Mark Zuckerberg, *The Star Wars* se desfez do artigo para se tornar apenas *Star Wars*. Nesse ponto, vamos fazer uma pausa e fingir que ficamos irados com todas essas mudanças, porque somos falsos puritanos que só acreditam na versão original de alguma coisa antes que ela seja "arruinada".

---

64 Obviamente, este se tornou o personagem de Samuel L. Jackson, Mace Windu, na primeira trilogia.

65 Para muitos, as inumeráveis mudanças não são nenhuma novidade. Em 2013, a Dark Horse Comics lançou uma série limitada chamada *The Star Wars*, que supostamente mostrava a versão "original" da ideia de Lucas em formato de quadrinhos. Embora bastante bonita e interessante, a ideia de que isso seja a história "original" é uma grande bobagem. Existem tantas versões diferentes da história original de Lucas que a palavra "original" começa a perder o seu significado, da mesma forma que o nome Anakin Skywalker não tem significado ao lado do de seu alter-ego, Darth Vader.

Aqui está uma recapitulação da história nos idos de 1973 até 1976 com meus ressaltes no local da ruína:

> Primeiro, Lucas quer regravar (arruinar) *Flash Gordon*, mas não consegue os direitos autorais, então decide escrever sua própria história, que ele começa a arruinar já quando a está inventando. Ele aparece com esse *The Journal of the Whills*, mas muda o nome (arruína) para algo mais comercial: *The Star Wars*. Ele arranca o "*the*" do título (arruinando-o) e então decide que quer incorporar elementos dos filmes clássicos de Kurosawa, o que certamente vai arruiná-los pela homenagem. Lucas originalmente queria que a Estrela da Morte aparecesse em um filme posterior, mas decide mudar isso (arruinar) e a passa para o primeiro filme. Han Solo deveria ser um alienígena de pele verde, mas Lucas mudou isso (arruinou) porque iria ser muito caro, o que, é claro, é totalmente patético. Deke (ou Annakin) Starkiller é obviamente um nome bem melhor do que Skywalker, então Lucas decide arruinar Luke e Annakin no momento em que cria ambos.

Uau, você não gostaria de ter visto *The Journal of the Whills* – ou melhor ainda, o *Flash Gordon* de Lucas – antes que Lucas arruinasse tudo?

Claro que não.

Entretanto, a maioria de nós fica com raiva por Lucas ter arruinado a trilogia clássica quando lançou as "Edições Especiais", em 1997 e 1998. No interesse de deixar que o bom trabalho que inúmeros outros fizeram ao enumerar todas as transformações realizadas nesses filmes fale por si mesmo, vou descrever apenas as edições especiais dos filmes com três palavras: raios laser aleatórios. Eu quero dizer tanto metaforicamente quando literalmente, porém mais literalmente[66]. Embora para Lucas o raio laser aleatório disparado por Greedo na edição especial de *Uma Nova Esperança* não seja aleatório. Ao contrário, é uma edição. Através da história de suas guerras nas estrelas, desde *The Journal of the Whills* até *A Vingança dos Sith,* George Lucas modificou constantemente as informações, fazendo bobagens pelo caminho. Se você pesquisar como os três filmes originais foram escritos, dirigidos e editados na pós-produção[67], você vai começar a suspeitar que a finalidade dessas histórias era um tanto malfeita durante todo o processo. Se você assistir a apenas uma entrevista com Lucas em que discute a gravação de qualquer um dos três filmes da segunda trilogia, vai ter certeza.

A segunda trilogia *Star Wars – A Ameaça Fantasma, Ataque dos Clones* e *A Vingança dos Sith* – ofende os fãs pu-

---

66 Eu sei que não existem raios laser "literais", porque raios laser não existem ou sei lá, mas acalme-se. Se você assistir "Ask the Editor" do Merriam-Webster's no YouTube, como eu, você vai aprender que "literalmente" quase literalmente não significa nada.

67 Essa pesquisa pode ser encontrada na maior parte no livro maravilhoso e esgotado *Star Wars: The Annotated Screenplays*, de Laurent Bouzereau.

ristas da trilogia original exatamente pelo mesmo motivo que as edições especiais o fazem. E é por isso que ambas apanham do revisionismo depois do fato. No lançamento original de *Star Wars*, pensamos que Han assassina Greedo a sangue frio, mas na edição especial, Greedo "atira primeiro". O *significado* dessa cena foi mudado, e por isso todos ficamos muito irados. Mas nos filmes mais recentes é a mesma coisa. Pensávamos que a Força funcionasse de certa maneira nos filmes antigos, mas então Liam Neeson nos diz algo diferente sobre as pequenas criaturas que vivem em nossa corrente sanguínea e que falam com a Força em *A Ameaça Fantasma*. Leia diz que se recorda da mãe em *O Retorno do Jedi*, mas, em *A Vingança dos Sith*, Natalie Portman morre antes que possa ao menos choramingar diante de Leia, que acabara de nascer. Lucas revisou a história original de Leia, mas ainda assim deixou a cena original na edição especial de *O Retorno do Jedi*[68]. Se os Episódios 1 a 6 de *Star Wars* não fossem uma série de filmes, mas, em vez disso, uma história única, aquela cena com Leia – entre muitos outros problemas enlou-

68 É claro, há várias "Edições Especiais", com variações grandes e pequenas. As edições especiais iniciais eram para o cinema, então feitas para VHS. E depois, em 2004, houve um lançamento em DVD. A edição especiail em DVD de O Retorno do Jedi foi a mais controversa de todas, porque o fantasma de Anakin Skywalker não era mais interpretado por Sebastian Shaw, mas, em vez disso, por Hayden Christensen. Obviamente, de forma alguma Lucas poderia ter colocado o fantasma de Hayden na edição especial de 1996 de *O Retorno do Jedi*, porque Hayden teria cerca de dezessete anos e ele e George Lucas nem sequer se conheciam, naquela época. Mesmo assim, eu sempre imagino o que aconteceria se o fantasma do ator fosse inserido digitalmente em um monte de outros filmes clássicos. Pense nele nas cenas finais de *O Mágico de Oz*! Ou, melhor ainda, em *Casablanca*!

quecedores – seria um erro grave de continuidade. Mesmo assim, em sua (tentativa de) defesa, se Lucas tivesse feito *A Vingança dos Sith* antes de ter lançado a edição especial de *O Retorno do Jedi*, você pode apostar que ele teria estragado a parte onde Leia fala com Luke sobre a mãe. Caramba, poderia ter um balão de pensamento colocado digitalmente sobre a cabeça de Carrie Fisher que mostrasse Natalie Portman chorando ou, pior ainda, escovando os cabelos enquanto falava bobagens para Anakin. Mas não houve, e ele não fez isso porque o processo de revisão de George Lucas de toda a saga de *Star Wars* é pra lá de pós-moderno. Se ampliássemos a ideia dos Episódios 1 a 6 para formar uma única história, seria um romance sendo constantemente revisado por um autor que viaja no tempo e que não se incomodou em reler as partes do manuscrito que estava mudando. Se pensarmos em Lucas como um novelista que viaja no tempo trabalhando em nível de frases ou orações, e se os Episódios 1 a 6 fossem cada um uma delas, então os episódios seriam frases que se ligariam apenas vagamente. Em pelo menos um dos documentários sobre os episódios, Lucas descreveu aspectos de *Star Wars* como "poesia", o que de maneira abstrata pode ser mais preciso, mas de alguma forma também é um insulto aos verdadeiros poetas. Tudo isso pode deixar você irado, mas também prova que ele é um gênio maluco.

Mesmo assim, se você acha que essa bobagem de revisão de enredo ao alcance da mão começou com as edições especiais e continuou durante os *prequels*, você está quase tão errado quanto Luke quando fantasiou sobre fazer sexo com a irmã. Nós tendemos a perdoar Lucas pelas revisões que tiveram lugar depois do fato, desde que, é claro, essas mudanças *funcionem*. Ninguém reclama das batalhas dos X-Wings que foram melhoradas na edição especial de *Uma*

Nova Esperança pelo mesmo motivo que ninguém reclama por Darth Vader ser o pai de Luke Skywalker ou de Leia ser irmã dele. Tudo isso funciona. O que não muda o fato de que tanto Darth Vader ser o pai de Luke como Leia ser sua irmã foram elementos da história criados durante o processo de revisão de Lucas, o que, como agora podemos entender, é um processo que não opera nas regras normais do tempo linear.

No final dos anos 1970, o roteiro de *O Império Contra-Ataca* foi inicialmente comissionado como uma prestação de serviços a ser escrita pela excelente novelista Leigh Brackett. Embora pareça que ela e Lucas tenham colaborado grandemente para isso, existem vários elementos do roteiro de Brackett que obviamente não entraram na versão final do filme, mais notavelmente uma cena em que o fantasma do pai de Luke Skywalker não é um cara mau, mas apenas mais um que conversa com ele. Yoda é chamado de "Minch"; Lando pode ter sido um refugo da Guerra dos Clones; um cristal secreto escondido no sabre de luz de Luke dá a ele uma mensagem secreta, e assim por diante. Quando Leigh Brackett infelizmente morre, George Lucas e seu companheiro de roteiro de *Os Caçadores da Arca Perdida*, Lawrence Kasdan, assumem a finalização do roteiro de *O Império Contra-Ataca*. Para aqueles de nós que levam essas coisas realmente a sério, esse é o momento exato em que George Lucas começa realmente a se importar com *Star Wars* de uma forma que cria a mitologia ampliada. Aqui, ele inventa seu processo de revisão cagado: "Claro, Darth Vader é o *pai* de Luke, sempre foi". E o que é totalmente brilhante sobre isso é que, grosso modo, a continuidade retroativa de Lucas funcionou tão bem que redefiniu um fenômeno global que já era um fenômeno global!

O Império Contra Ataca é uma aberração na história do cinema que nunca deveria ter acontecido. Não importa o que qualquer um diga a você (incluindo eu), todas as sequências de filmes são apenas formas de conseguir mais dinheiro com a mesma coisa. Até mesmo os episódios diretamente em vídeo de *Tropas Estelares* não foram criados a partir do amor pelos personagens ou pela franquia. Então, quando as sequências são realmente *boas* é um verdadeiro milagre. Digo milagre, especificamente, porque quase nunca acontece.

Lucas não pode ficar com todo o crédito por *O Império Contra-Ataca* ter sido tão bom quanto (ou, provavelmente melhor que) o *Star Wars* original. O diretor Irvin Kershner sabidamente alterou um monte de coisas enquanto as câmeras estavam gravando. Quando Han Solo está prestes a ser congelado na câmara de carbonita, Leia não aguenta mais e diz: "Eu te amo!", ao que Han Solo graceja "Eu sei". À primeira vista mais clássica do que a fala "Francamente, meu querido, eu não estou nem aí" de *E o Vento Levou*, essa fala foi escrita originalmente por Lucas (ou Kasdan, ou, de maneira duvidosa, por Brackett) como "Eu também te amo". Em colaboração com Harrison Ford, Kershner mudou a fala no set e transformou esse diálogo criativo em uma explosão viva e ofegante de um romance inesquecível. Assim como muitos fãs fiéis de *Star Wars* que também não gostam de Lucas, eu costumava constantemente ressaltar que Kershner (e talvez Kasdan e, quem sabe, Brackett e *talvez* ainda o produtor Gary Kurtz) eram os verdadeiros gênios de *O Império Contra-Ataca*, e que George Lucas era apenas uma espécie de homem inútil por detrás das cortinas. Um não-Mágico de Oz. Mas eu estava errado.

De certo ponto de vista, Irvin Kershner é, na verdade, apenas um cúmplice do processo de revisão improvisado de

George Lucas. Se muito, o sucesso absoluto de *O Império Contra-Ataca*, graças à habilidade de direção[69] de Kershner, provou a Lucas que ele (e seus cúmplices) podiam aparecer com qualquer coisa. Eles eram parecidos com os Rebeldes! Não tem um plano para como esses filmes vão ficar? Não se preocupe! Vamos improvisando à medida que as coisas forem acontecendo! Esse tipo de bobagem admirável é o motivo pelo qual *O Império Contra-Ataca* é um milagre, não uma obra de arte. Ou, para colocar de outra forma: foi um milagre no ano em que foi lançado, mas é uma obra de arte *agora*. E em última análise, há algo totalmente rock-and-roll em George Lucas na rejeição do convencional ao produzir a trilogia original de *Star Wars*. Ali estava alguém tão desinteressado nessa coisa maravilhosa que ele havia criado que, na verdade, tentou delegar o roteiro a outra pessoa. Assim como Conan Doyle antes dele, George Lucas, pelo menos em sua fase inicial, claramente sentia que estava além do "filme para crianças" que tinha feito, e, por isso, tratou o processo pelo

---

69 Eu venho me contorcendo por dizer isso há anos, mas parece que o pobre Irvin Kershner só teve permissão para uma sequência boa. Ele dirigiu *RoboCop 2*, e um filme de James Bond aleatório chamado *Nunca Mais Outra Vez*. *RoboCop 2* é quase impossível de assistir, e *Nunca Mais Outra Vez* foi um filme de James Bond com Sean Connery que, na verdade, perdeu na bilheteria para um filme de James Bond lançado no mesmo ano, estrelando Roger Moore (*Octopussy*). Como um filme de James Bond chamado *Octopussy* pode ser melhor do que *Nunca Mais Outra Vez*? Eu sei. Parece falso. Mas é verdade! Embora eu esteja certo de que se Kershner tivesse dirigido *Octopussy* ele seria ainda melhor do que já é. (marginalmente. Quero dizer, o filme se chama "*Octopussy*"). Ele não pode ser culpado por esses filmes ruins que dirigiu, mas não é como se tivesse o toque mágico com as franquias estabelecidas.

qual fez os filmes de modo imaturo. Isso não é um insulto. Isso é o que o torna maravilhoso.

*

Ainda assim, estamos lidando com um processo que parece que não deveria ter funcionado. E quando você pega *O Retorno de Jedi*, a triste realidade é que não funcionou. Quando criança, meu filme favorito (e ponto) era *O Retorno de Jedi*. Há uma série de razões infantis ridículas para isso (os Ewoks são bonitinhos; o almirante Ackbar é um homem-peixe que fala), mas acho que a verdadeira e esmagadora razão é que Luke Skywalker resolve todos os problemas da família e que depois todos vivem felizes para sempre. Se *Uma Nova Esperança* foi uma homenagem a uma antiga série de aventura como *Flash Gordon*, e *O Império Contra-Ataca* foi um híbrido bizarro e sombrio da produção cinematográfica contemporânea e das tragédias shakespearianas, *O Retorno de Jedi* é um bom conto de fadas à moda antiga. Luke Skywalker entra na cidade, salva o melhor amigo, faz o pai abandonar os hábitos ruins e todos se sentam ao redor da fogueira e contam histórias sobre isso. Adicione algumas motos velozes e um monte de monstros maravilhosos e você tem um filme que mais parece um de família que qualquer outro filme de *Star Wars*, principalmente os da segunda trilogia. Quando você cresce, contudo, começa a odiar esse filme porque parece que ele deu uma olhada em todos os temas sombrios e retorcidos de *O Império Contra-Ataca* e disse: "Dane-se!".

Uma das razões é que o personagem de Luke Skywalker parece ter se desenvolvido em algum momento entre *Império* e *Jedi*. Quando deixamos Luke nos momentos finais de *Império*, ele estava praticamente terminando de chorar e quase (talvez?) tentando o suicídio[70]. Nos primeiros instantes de *Jedi*, contudo, ele é um completo fodão, um cara que não leva desaforo pra casa e está se lixando para o que qualquer um pense sobre ele. Como ele ficou assim? Além dos conselhos, será que Yoda deu a Luke Prozac, lítio ou Ritalina? Será que tudo isso aconteceu na época de *O Retorno de Jedi*? Somos levados a pensar em *O Retorno de Jedi* como a jornada de Luke em direção a se tornar adulto, mas o fato é que ele já é essa pessoa no início do filme: calmo, confiante, e disposto a encarar as consequências. É verdade, vemos Luke sendo "tentado" pelo Lado Negro da Força quando o Imperador está curtindo com a cara dele por lutar com Vader. Mas, como muitos argumentam, o público nunca acredita que Luke tenha muito a ganhar se passar para o Lado Negro, o que quer dizer que não é uma opção e não funciona muito bem do ponto de vista dramático[71]! Talvez fiquemos um pouco preocupados que Luke possa morrer, mas sua alma já foi salva, por isso, por melhor que seja vê-lo feliz, é um pouco maçante.

Da mesma forma, em *O Retorno de Jedi*, depois que Han Solo é salvo das garras malignas de Jabba, o Hutt, não

---

70 Quando Luke se atira no abismo da Cidade das Nuvens no final de *O Império Contra-Ataca*, eu acho que você pode argumentar que ele sabia que seria resgatado de alguma forma porque confiava na Força – um salto religioso de fé. Mas também é fácil interpretar isso como Luke desafiadoramente se matando ao invés de juntar-se ao que ele percebe como o puro mal.

71 Os vídeos satíricos Mr. Plinkett da Red Letter Media ressaltam esse ponto de modo efetivo, especificamente na crítica de *A Vingança dos Sith*, na qual afirmam que Anakin tem um motivo para se transformar que Luke nunca teve. Parte disso é apenas que Luke tem uma vida social

há muita tensão para esse personagem, também. Não mais tão malandro nem tão engraçado[72], Han Solo recebe o status de general e passa a maior parte do filme fazendo um papel secundário ao de Luke. Em *O Império*, Luke, Han e Leia pareciam mais com um grupo, como fizeram no primeiro filme, de forma mais intensa. Mas, em *Jedi*, Leia e Han parecem estar lá apenas para dar apoio a Luke e à "trama" básica. Harrison Ford disse várias vezes em entrevistas que queria que Han fosse assassinado em *Jedi*, para dar ao personagem um final mais trágico. Também há indicações de Kasdan de que seria uma boa ideia que Lando fosse morto pelo Sarlacc logo no início do filme, para que as pessoas soubessem que aquele monstro era "real". Verdade ou não, isso tudo parece ter sido colocado por terra por Lucas em um esforço de demonstrar que os mocinhos iriam todos vencer e que, só dessa vez, todos iriam ficar vivos. Em certo sentido, mesmo as pessoas que morrem ficam vivas. No final do filme, a última coisa que vemos são os fantasmas de Obi-Wan, Yoda e Anakin, o que significa que as únicas pessoas que realmente morreram no filme eram ou personagens secundários (aqueles pobres pilotos Rebeldes) ou os vilões.

Leia, infelizmente, tem um desenvolvimento da personagem mínimo, a não ser por descobrir que é irmã de Luke,

---

melhor – ou seja, ele tem amigos melhores do que Anakin, o que significa que se sente mais seguro como pessoa.

72 É um fato comum que qualquer filme com Harrison Ford no qual ele não diga coisas engraçadas não será tão bom quanto um em que ele o faça. Esse é, na verdade, o único motivo de que você precisa para explicar por que *Indiana Jones e o Reino da Caveira de Cristal* é tão horroroso: Ford não tem falas engraçadas. A exceção a essa regra é, naturalmente, *Blade Runner*.

o que faz com que ela seja capaz de aceitar Han como namorado de uma forma um pouco mais fácil. Se esse fosse realmente o fim de uma história de três partes sobre essas três pessoas, você iria pensar que Leia e Han seriam capazes de fazer um exame mais profundo das razões de seus personagens, da forma como fizeram em *O Império*. Isso é duplamente estranho porque muito embora tenhamos descoberto que Leia é irmã de Luke (e portanto um membro do clã dos Skywalkers), ela não usa a Força ou faz nada legal relacionado ao fato de ter poderes Jedi. Eu fiz uma tentativa de reescrever completamente *O Retorno de Jedi* muitas vezes, quando tinha uns vinte anos, mas para mim tudo se resume a uma coisa que poderia ter sido mudada com facilidade. Quando Han, Chewie e Leia estão todos em Endor, capturados pelo Império e salvos porque os Ewoks se insurgem e atiram pedras nos *stormtroopers*. Por que o enredo vai nessa direção, quando a história tem Leia bem ali?

Imagine isso: o Império tem todo mundo cercado, Han está sem ideias, Chewie está borrando suas não-calças, e o C-3PO, por uma única vez, não fala nada. Os Ewoks obviamente não são páreo para o Império, e à medida que seus corpinhos peludos são queimados, Leia se ajoelha para se render ao comandante das tropas imperiais. Mas então, à medida que se levanta, ela também levanta as mãos, ao estilo Vader, e sufoca o vilão no comando. Depois, em uma demonstração de poder divina, ela usa a Força para mandar pelos ares alguns *stormtroopers*. A pistola de Han volta levitando para as mãos dele e ele começa a detonar os caras ruins.

— Eu nunca soube que você tinha esse poder, querida. — Diz Han.

— Quer saber — diz Leia, ofegante, exausta, mas decidida a vencer. — Nem eu!

Nunca há uma recompensa em cena por Leia ser irmã de Luke e, da forma desleixada como esses filmes foram escritos, isso parece um enorme descuido. Além disso, teria sido muito legal ter dado ao título *O Retorno de Jedi* um significado adicional ao demonstrar a prevalência de Luke, a redenção de Vader e então, por fim, a ascensão de Leia. Estava tudo ali, esperando para acontecer. Mas, em vez disso, a impressão duradoura da Princesa Leia em *O Retorno de Jedi* foi dela em um biquíni do início do filme. Até mesmo Barbarella tinha mais capacidade de agir. E ela estava nua em sua primeira cena.

*

Até a venda de *Star Wars* para a Disney em 2012, eu acho, na mente de Lucas ele ainda estava revisando *The Star Wars*, mesmo depois de tudo que foi lançado. Apesar de tudo que afirmei nesse capítulo, e ao longo desse livro, *Star Wars* é "apenas" um filme, o que quer dizer que não podemos ficar tão irados com ele como ficamos com as pessoas de verdade. Ou, para colocar de outra maneira, se acontecer de ficarmos irados, deveríamos em última análise *pensar por que* nos sentimos assim. Se o vídeo matou as estrelas do rádio, então os fãs de *Star Wars* são o que tornaram a franquia sagrada. Nós tiramos *Star Wars* de George Lucas (e também de todos os atores!) e tivemos 100% de sucesso. Dizer que a saga é vítima de seu próprio sucesso é um eufemismo do mesmo nível que "Os ensinamentos de Moisés são populares" ou "A acústica é decente no Carnegie Hall".

*

Em 2004, minha amiga Brittany teve um problema. Ela estava fazendo um curso sobre os filmes de George Lucas e Steven Spielberg e uma das tarefas era "escrever uma história para uma sequência de *O Retorno de Jedi* ou *Indiana Jones e a Última Cruzada*". Brittany era (é) uma grande fã de *Indiana Jones*, mas não gostava muito de *Star Wars*. "Você pode me ajudar, Britt?", ela perguntou. E então eu disse, "Claro, vamos escrever uma sequência de *O Retorno de Jedi* que seja também um *prequel* de todos os filmes de Indiana Jones". O que nós fizemos só pode ser descrito como "Caçadores do Planeta Perdido dos Dinossauros".

Era mais ou menos assim: o crédito de abertura nos conta que havia muita fome na galáxia. Todos estão passando fome e a única solução, parece, é deixar o lugar em que todos vivem e partir para algum outro lugar. Em um movimento digno de *Battlestar Galactica*, Luke, Han, Lando e Leia ajeitam todos aqueles de que gostam em um protótipo gigante não-usado da Estrela da Morte, que eles pintaram de branco e renomearam para "Estrela da Vida". Ela é do tamanho de um pequeno planeta, e irá levá-los através das galáxias para o seu novo lar.

Enquanto isso, vivendo dentro de um vulcão, um grupo de lordes Sith zumbis desperta e decide que querem deixar a galáxia, também. Eles seguem a Estrela da Vida pelo espaço até que ela chega a um planeta exuberante e lindo em um belo sistema solar. É a Terra! Mas é a Terra na era dos dinossauros. Luke e companhia descem no planeta para se assentar nele no estilo *Terra Nova* quando os novos Sith atacam[73]. Luke tem agora uma série de outros cavaleiros Jedi em treinamento, então há um pequeno exército de pessoas com sa-

73 Obviamente, isso foi muito antes de *Terra Nova*.

bres de luz. Os Sith também estão preparados. E todos estão prontos para montar os dinossauros. Eu mencionei o fato de que Leia está grávida?

Enquanto dinossauros e sabres de luz são gratuitamente apresentados em uma fantástica cena de batalha que inclui cinco sequências de perseguição *e* Lando montado em um pterodáctilo, Leia está lutando uma batalha diferente na Estrela da Vida contra um passageiro clandestino. Han é pouco útil, porque, nesse ponto, as habilidades de Leia com o sabre de luz estão totalmente formidáveis. Mas, de repente, ela está prestes a entrar em trabalho de parto. As coisas estão indo mal para os mocinhos, então Han decide que eles irão congelar o bebê em carbonita assim que nascer. Dessa forma, não importa o que aconteça, estará a salvo.

De uma forma deprimente, as coisas vão por água abaixo, e porque assisti *De Volta ao Planeta dos Macacos* muitas vezes, o super-laser da Estrela da Vida acidentalmente encrenca e atinge a atmosfera da Terra, matando os dinossauros e a todos. Felizmente, pouco antes de isso tudo acontecer, o bebê de Han e Leia é protegido em uma caverna, encapsulado de forma segura em carbonita, uma criança imortal. Assim como Capitão América, apenas um bebê do espaço. O final do filme iria mostrar arqueólogos, por volta dos anos 1900, escavando uma caverna estranha e descobrindo um recém-nascido. De repente, um Sean Connery apareceria (CG, obviamente) e seguraria o bebê antes de dizer, baixinho, "Junior". O filme termina com o bebê um pouco mais velho, agora uma criança, brincando com um cão enorme que Sean Connery chama de Indiana.

Não tenho certeza se Brittany realmente chegou a usar essa história, mas sei que ela passou de ano e é, até hoje, roteirista. Eu também, é claro, nunca acreditei que iria haver uma sequência de *O Retorno de Jedi* até agora, e é por isso que, quando me pediram para criar uma, sonhei que era uma piada. Assim como todos vocês, eu achava que *Star Wars* pertencia a mim. Mesmo durante a era da segunda trilogia eu estava certo: todo mundo amava tanto Boba Fett que George Lucas colocou o pai dele em *Ataque dos Clones*, em 2002. Vê? Temos influenciado *Star Wars* mais do que gostaríamos de admitir. Agora, embora nos tenham dito que nunca iríamos ver uma continuação de *O Retorno de Jedi*, estamos de alguma forma vivendo em uma época em que isso está acontecendo, também. E esses caras, ao contrário de mim, estão levando isso a sério. *Star Wars* tem sido frequentemente acusado de ser um novo tipo de mitologia cultural e, assim como os super-heróis, eu acho que isso em parte é verdade. Mas, até esse momento, isso nunca foi passado para uma nova geração. O que vem "arruinando" a franquia todos esses anos, e que às vezes continua a "arruiná-la", é a insistência em olhar para trás. Coletivamente, tanto os fãs quanto George Lucas sabiam que a trilogia clássica nunca poderia ser superada, então, em vez disso, temos a edição especial e uma história de fundo glorificada na forma da segunda trilogia. Fazer uma continuação de *O Retorno de Jedi* e, por extensão, dos "verdadeiros" filmes *Star Wars* é muito mais arriscado e exige que todos realmente sigam em frente e deixem a bagagem das histórias antigas para trás. As continuações e as edições especiais herdaram a bagagem emocional do nosso amor infantil pelos filmes originais, e, então, não gostamos deles – de fato, os odiamos. O ódio, como Yoda nos ensinou, leva ao Lado Negro, e é provavelmente por isso que *Star Wars* tem sido visto como precisando desse retorno.

De uma forma inteligente, Obi-Wan Kenobi intencionalmente deixa Luke Skywalker assumir a narrativa heroica da trama em *Uma Nova Esperança*. E desde então, os fãs ao redor do mundo têm esperado para ter o sabre de luz passado para eles, também. Com a partida de Lucas, deixando que pessoas mais jovens como J. J. Abrams e Rian Johnson façam filmes *Star Wars* de verdade, é como o que aconteceu na vida real. Eu estou mais próximo a J. J. Abrams do que a George Lucas em termos de idade. J. J. Abrams e Rian Johnson são *possivelmente* mais fãs de *Star Wars* do que George Lucas. E isso é bom. As coisas estão realmente tendo um novo começo. O mais excitante sobre a franquia é que ela continuamente nos relembra de que todos podem ter novos começos, Tudo pode mudar; todos podem ser redimidos. E, agora, que o pai desse evento popular insanamente importante permite que uma nova geração assuma, talvez o resto de nós possa fazer o mesmo.

É tempo de nos superarmos. Podemos deixar de ser pessoas que odeiam se deixarmos de lado a nossa raiva. Ainda existe bondade em nós. Posso senti-la.

AGRADECIMENTOS

ALGO ASSIM NÃO ACONTECE SEM a ajuda de vários amigos, colegas e irmãos robôs. Se você pensa que te esqueci, sinto muito. Escreverei seu nome aqui quando eu te ver.

Grandes ajudantes primeiro: obrigado ao meu agente Christopher Hermelin por acreditar nesse livro e em mim cegamente. A Ryan Harbage e sua Agência Fischer-Harbage por tornar isso possível. A Matthew Daddona, um brilhante editor e meu general rebelde favorito. E obrigada a todo na Plume e no império da Penguin, é bom estar aqui!

Obrigado aos editores de publicações aos muitas obras aparecem ou a qualquer outro editor que teve a falta de sorte de lidar comigo: Will Doig, Pete Smith, NeilClarke, Cheryl Morgan, Choire Sicha, Matt Buchanan, James Yeh, Lincoln Michel, Josh Perilo, Joel Cunningham, Melissa Albert, Janet Manley, e Claire Evans.

Obrigado e desculpem pelos problemas aos primeiros produtores que me ajudaram quando eu era um escritor/pessoa falsa: Jason Meyer, Mike Strahan, Pat Trusela, Marsha Morris, Damon Moss, Alissa Cherry, Andy Borowitz, Vicki Lewis Thompson, Dan Kennedy, Alissa Quart, Simon Navarro, Mel Olsen, Suzanne Konig, Daniel Power, Craig Mathis, Dana, Kelly, Britt, todo mundo da Gotham Writers' Workshop, Erin Harris, Seth Fishman, Sara Barron, Lyndsay Faye, Vito Grippi, Travis Kurowski, Etgar Keret, Kirsten Sorensen, Andy Christie, Ishtiaque Masud, e Asa Yappa.

Obrigado aos colegas e mentores que me deram um empurrão (mesmo que inconsciente) para ser melhor: Julia Fierro, Victor LaValle, Dani Shapiro, Michael Maren, Lev AC Rosen, James Hannaham, Jim Shepard, Karen Shepard,

Hannah Tinti, John Wray, Penina Roth, Ben Greenman, Paul Park, e Lev Grossman.

Um grande obrigado e alguns beijos e abraços e bebidas à minha família *sci-fi* de longa data, aqueles que ocupam a espaçonave da Tor.com: Irene Gallo, Greg Manchess, Bridget McGovern, Bridget Smith, Emily Asher- Perrin, Kelsey Ann Barrett, Sara Tolf, Patrick Nielsen- Hayden, Ellen Datlow, Carl Engle- Laird, Theresa DeLucci, Prit-paul Bains, Mordicia Knode, Diana Pho, Leah Schnelbach, Natalie Zutter, Patty Garcia, Fritz Foy, Jenny Tavis, e Chris Lough.

Obviamente, esse livro não existiria sem vocês.

Aos meus alunos: muitos de vocês significaram demais para mim, mas são muitos nomes para uma lista. Meus favoritos sabem quem são. Se você está lendo isso, você é um dos meus favoritos.

Obrigado aos amigos a quem, simplesmente por existirem, me mantiveram são ou insano, dependendo do que precisávamos: Syreeta McFadden, Brittany Hilgers, Mike Stuto, Tracie Matthews, o Spirit do Bar Hi-Fi, Shelly Oria, Michael Irish, Jessica Noven, James Scott Patterson, Rob Ventre, William Irwin IV, Ted Dodson, Melissa Febos, Rebecca Keith, Jenn Abbotts, Mike Baptist, Colleen Kinder, Leslie Jamison, Emily Wunderlich, Andy Reynolds, Gabriela Vainsencher, Hugo Perez, Emily Stowe, Sam Brewer, Julie Messner, Diana Spechler, Karen Thompson Walker, Casey Walker, Leigh Stein, Robert Silva, Nathan Ihara, Hannah Labovitch, Artie Niederhoffer, Hal Hlavinka, Irene Plax, Jenny Blackman, Emily Kate O'Brien, Amanda Hess, Jenn Northington, Amanda Bullock, Justin Taylor, Adam Wilson, Janet Turley, Brett Saxon, Karen Russell, Lena Valencia, Ryan Spencer, Lindsey Skillen, Carter Edwards, Chris Togni, Anne Ray, Nelly Reifler, Teddy Wayne, Ophira Eisenberg, Jonathan

Baylis, Cici James e todos da Singularity & Co., Matt Mercier, Allegra Frazier, Stefan Merrill Block, Liese Mayer, e Justin Lemieux e a Lemieux Brood: Lucy, Caroline, e, é claro, Katy.

A Wesley Allsbrook pelas maravilhosas ilustrações e talento ilimitado.

A Mike Lopercio, Jane M. Trayer, e, por extensão, ao vórtice Trayer/Lopercio, uma constelação de familiares que me apoiaram sempre. E um obrigado especial a George Lopercio por ser o melhor e pior amigo que eu podia desejar.

A minha família: Mamãe e Kellie. Vocês são tudo o que eu tenho, e não posso dizer o suficiente. É claro, ao fantasma do meu pai, Terry Britt, que tenho certeza que lerá isso em algum lugar. E para Jullian Sanders, que achava que Luke Skywalker era interpretado por Harrison Ford: isso não seria possível, sem você.

UM GLOSSÁRIO BEM INCOMPLETO

J. J. ABRAMS

Um cara legal que todos fingem conhecer pessoalmente, mas que ninguém conhece de verdade. O novo Jay Gatsby da cultura geek.

ISAAC ASIMOV

Um robô em carne e osso que era mais esperto que muitos humanos. Antigo presidente da Sociedade Humanista.

DE VOLTA PARA O FUTURO

Um grande gerador de nostalgia falsa. Remover esse filme da história criaria uma cascata paradoxal de eventos que resultaria em todos simultaneamente desparecendo de quaisquer fotos Polaroid que tenham. Você continuaria vivo, mas aquelas polaroides teriam espaços em branco.

BARBARELLA

Uma pessoa que é tão intencionalmente irreal que não podemos nem ficar com raiva disso. Perceba que, no topo dessa nostalgia sem fim, ninguém tentou refazer uma história dessa personagem. Você não pode arruinar algo que já está se arruinando, então ninguém tentou.

KIM CATRALL

Famosa por Sex and the City, mas também interpretou a tenente Valeris em *Star Trek* VI. Uma vez, eu a esperei e disse que a amava em *Star Trek*. Ela foi tão educada quanto se pode ser ao receber um elogio de alguém que está te servindo uma taça de vinho.

DINOSSAUROS

Um caminho curto para algo permanentemente legal. Porque não podemos voltar no tempo e ver os dinossauros, sua inerente grandiosidade nunca será tirada de nós. Assim dirão dos Beatles, em 2070.

DOCTOR WHO

Uma experiência prazerosa que precisa ser meticulosamente explicada antes de ser aproveitada. Vale a pena, no final, toda a explicação. Mas o processo é parecido com tomar vacinas antes de sair de férias.

DRÁCULA

Um cara que diz ser uma coisa, mas na verdade é outra. Veja: "todo mundo".

HARLAN ELLISON

Tipo específico de um ser extraordinário enviado à Terra por um deus cruel para testar nosso propósito e se divertir com o que pensamos ser "criatividade".

FAN FICTION

Algo a que os críticos apontam e riem, mas que leem secretamente.

OS CAÇA-FANTASMAS

Um filme quase perfeito que tem apenas dois erros: o fato de que é uma festa de salsichas e a existência de *Os Caça-Fantasmas II*. Isso dito, se o "Mundo Psíquico" de *Caça-Fantasmas II* fosse um programa de TV real que Bill Murray apresentasse, a televisão seria muito melhor.

SHERLOCK HOLMES

Um quase super-herói cujos superpoderes são os seguintes: ser muito inteligente, fingir que não liga para sexo e ter a habilidade de ter um vício em drogas que o ajuda a melhorar seu desempenho no trabalho. Se Sherlock Holmes tivesse bebido Miller High Life ao invés de injetar cocaína por uma agulha, ninguém acreditaria que ele era um "gênio" do mal. Pensariam apenas que era um bêbado estranho.

CAPITÃO JAMES TIBERIUS KIRK

Um personagem que, assim como James Bond, é apenas um símbolo sexual na mente do ator (Shatner) que originou o papel. Até ser interpretado por Chris Pine, e então se tornar símbolo sexual para pessoas comuns que vão ao cinema e dizem coisas como "Você viu Chris Pine em *Quero matar meu chefe 2*?". Estranhamente, a resposta para isso é sempre "não". Ninguém vê esse filme, nem mesmo as pessoas que o fizeram.

URSULA K. LE GUIN

Um ser de pura energia mais maneiro que a maioria dos humanos, robôs em carne e osso e fantasmas viajantes do tempo. Uma santa da ficção cientifica.

GEORGE LUCAS

O pai de milhões de nós. Ele nos deu *Star Wars* e então partiu. Ele partiu! Quando voltou, nos tornamos exigentes, ingratos e amargos. Nada que ele faça será bom o suficiente. Quando nos deixou pela segunda vez, em 2012 (quando vendeu *Star Wars*), fomos tão felizes quanto nunca.

MARVEL

A Nike dos geeks. Não sabemos que parte de nossas almas perdemos ao consumir seus produtos, e não queremos saber.

NÁRNIA

Um mundo mágico alternativo superpopuloso e demente que foi acidentalmente descoberto por Lev Grossman na vida real. Seu trabalho autobiográfico, *Os Magos*, mal descreve quão ruim Nárnia realmente era. Maior tristeza: Aslan não era um leão de verdade.

CHRISTOPHER NOLAN

Alguém que é exatamente como o Batman de seus filmes: ele é um herói, mas mal podemos esperar para acabar com ele.

ROBOCOP

Um cara sobre o qual eu não falei nesse livro, não tenho certeza do porquê. Talvez seja porque eu o amo. Ah, Deus, por favor, não me faça começar. Foi há muito tempo e eu sinto muita falta dele. Nenhum dia se passa sem que eu pense sobre o que poderia ter sido. Por favor, deixe-me em paz. Não mencione o nome dele. Vou chorar.

STEVEN SPIELBERG

O irmão mais legal de nosso pai (George Lucas), que nos levou àquele acampamento quando tínhamos catorze anos. Nós nunca falamos sobre nosso tio legal hoje em dia, mas sempre o fazemos com tons de reverência sobre o quão incrível ele era em nosso acampamento.

STAR TREK II: A IRA DE KHAN

Um relacionamento antigo que nunca superaremos. Era perfeito e comparávamos todos os nossos amantes (filmes de *Star Trek*) a essa pessoa. Há uma boa razão para isso, mas deveríamos tentar seguir em frente.

STAR WARS

Uma grande mentira da mídia (criada por nosso pai) que nos convenceu de que a Força, a família Skywalker e uma certa galáxia muito, muito distante são apenas "ficção".

J. R. R. TOLKIEN

Uma mentira literária criada por C. S. Lewis para acalmar os ânimos das pessoas que estavam procurando uma entrada real para Nárnia.

KURT VONNEGUT JR.

Um viajante do tempo fantasma de Mark Twain que acabou sendo um escritor melhor em seu "novo corpo". Fumava cigarros ao invés de charutos, para confundir as pessoas quanto à sua real identidade.

SIGOURNEY WEAVER

Uma das melhores atrizes de todos os tempos, que esteve em dois dos melhores filmes de ficção cientifica já feitos: *Os Caça-Fantasmas* e *Alien*. Também esteve em *Avatar*.

JOSS WHEDON

Um homem famoso por criar exatamente dois tipos de personagens sem escrever nenhum diálogo, "Buffy" e "Willow". Esses arquétipos viverão por séculos sob vários disfarces como "Tony Stark" e "Bruce Banner".

JOHN WILLIAMS

Uma curiosidade cientifica. Aparentemente, há um desses dentro do cérebro de cada pessoa e quando certos eventos (realização pessoal, perda, uma perseguição de carro) ocorrem em sua vida (ou se você vê essas coisas em filmes) você ouvirá a música apropriada magicamente criada por esse fenômeno.